中华经典精粹解读

唐 诗

傅璇琮　郝歆 编著

中华书局

图书在版编目（CIP）数据

唐诗/傅璇琮，郝歆编著．—北京：中华书局，2011.3（2024.7重印）
（中华经典精粹解读）
ISBN 978-7-101-07809-1

Ⅰ．唐…　Ⅱ．①傅…②郝…　Ⅲ．唐诗-选集　Ⅳ．I222.742

中国版本图书馆 CIP 数据核字（2011）第 009566 号

书　　名	唐　诗
编 著 者	傅璇琮　郝歆
丛 书 名	中华经典精粹解读
文字编辑	徐麟翔　罗明钢
责任编辑	刘　三
责任印制	陈丽娜
出版发行	中华书局
	（北京市丰台区太平桥西里 38 号　100073）
	http：//www.zhbc.com.cn
	E-mail：zhbc@zhbc.com.cn
印　　刷	天津画中画印刷有限公司
版　　次	2011 年 3 月第 1 版
	2024 年 7 月第 6 次印刷
规　　格	开本/880×1230 毫米　1/32
	印张 7⅛　插页 1　字数 100 千字
印　　数	27031-30030
国际书号	ISBN 978-7-101-07809-1
定　　价	45.00 元

出版说明

在快节奏的现代生活中,如何在有限的时间里读到中国传统文化中最经典的著作?怎样才能尽快领略到经典的核心要义,减少在茫茫书海中不得要领的辛苦?"中华经典精粹解读"丛书正是为适应当代读者需求而特别编写的国学经典普及丛书。

丛书"精粹"二字体现在两个方面:一是所选典籍均为中国传统文化中最具代表性的著作,二是所选文段均为经典中的精华部分。

原文后附"扩展阅读",是参照原文选段,从其他经典著作中选摘出的内容、思想与本段相关的语段,以使读者获得比较阅读的乐趣,视野得以开阔,思路得以拓宽,从而更加全面深入地理解选文。

段末"点评",是在充分尊重前人思想成果的基础上,从当代人的视角出发,对文段精髓加以讨论解读,以唤起读者更多的思索和体悟。

原文选段及扩展阅读选段之后,辅以侧重语词解释的注释和串讲文意的译文,不作繁琐考证,以助理解;生僻字词均加注汉语拼音,以利诵读。

本套丛书选用中华书局出版的权威版本作为底本,由富有研究成果的专家学者协力遴选篇章、撰写导言及点评,在此对专家学者们"撷取务精、注释务准"的专业精神表示由衷谢意。

藉由此书，我们愿为古典文学爱好者以及有兴趣了解经典的读者奉上可参考的常备读本。希望我们的努力可以为传统经典贴近当代读者、当代读者走近传统经典助力。

中华书局编辑部

2011 年 2 月

导 言

唐朝是中华民族值得骄傲的一个时代,它经济繁荣,国力强盛,其强大的势力延续了一百多年,到唐玄宗李隆基时,成就了"开元盛世"的辉煌。这个时代创造了灿烂夺目的文化,在文学、史学、书法、绘画、雕塑、音乐、舞蹈等领域都取得了长足的进步,某些方面甚至达到了前所未有的高度。唐朝人以一种开放的姿态和恢宏的气度接纳外来文化。他们喜欢漫游名山大川,徜徉在山水之间读书论道;他们积极求仕,即使黜之边远,也不气馁。因此,唐朝人所展现的是一种昂扬向上的精神风貌。

生活总在给我们带来灾难的同时赐予我们更多的礼物,就在人们为"安史之乱"打破了所谓的"盛唐气象"而感慨叹息时,却没有想到这些曲折多样的生活经历,恰恰在另一方面滋润了文学的土壤,为唐代文学的繁荣提供了充裕的客观条件。

一个时代有一个时代的文学:楚辞、汉赋、唐诗、宋词、元曲都是我们民族优秀文化遗产的精髓。而代表唐代文学最高成就的诗歌,到了唐朝,则迎来了自己的黄金时代。从"初唐四杰"的王、杨、卢、骆和陈子昂的"风雅兴寄"开始,他们就带着清新、昂扬的气息为唐诗的发展指出了一条宽阔而光明的康庄大道;盛唐时又涌现出了王维、孟浩然、高适、岑参、李白、王昌龄、王之涣等许多杰出诗人;杜甫是盛、中唐最伟大的诗人,随后韩愈、孟郊、李贺、张籍等人的加入,使唐代诗歌出现了又一个高潮;晚唐诗歌成就最突出的要数号称"小李杜"的李商隐和杜牧,他们创造了唐诗最后的辉煌。在唐朝群星争辉的浩瀚星空中,李白和杜甫是两颗最耀眼的恒星,代表了浪漫主义和现实主义两个高峰,成为了唐朝诗歌的两面旗帜。

唐诗,是中国文学的瑰宝。她或精秀工巧,或俊雅奇丽,或遒警劲拔,其无所不在的美征服了一代又一代读者,直至一千多年后的今天,她还如颗颗璀璨的明珠,令人目不暇接。唐代诗人为我们留下了数不清的名篇佳句,目前最能反映唐代诗歌全貌的就是始编于清康熙年间的《全唐诗》及其《补编》,它篇帙浩瀚,共收录唐及五代三千余名诗人的诗词作品五万五千余首。清人蘅塘退士所编的《唐诗三百首》是唐诗最为通行的选本,人们常说:"熟读唐诗三百首,不会作诗也会吟。"足见其影响之深远。

"今人不见古时月,今月曾经照古人",中华民族有着一脉相承的文化传统,如今,越来越多的现代人把目光投向了古人留下的优秀作品,体味着传统文化的博大精深,感受着她所带来的精神愉悦。唐诗因为具有琅琅上口、意蕴丰富的特点,特别为大家所喜闻乐见,从而成为大家诵读的首选。几乎每个中国人都能随口吟几句唐诗,如果应用得恰如其分,还会赢得大家的敬佩和赞赏。

本书由傅璇琮先生所选的61首诗,都是唐朝各个时期代表作家的代表作品,数量虽然有限,但仔细阅读体会,也可尝鼎一脔,稍知肉味。另外,本书本着知识性、趣味性相结合的原则,注释力求深入浅出,译文尽量采用直译,扩展阅读饶有趣味,在为读者扫清阅读障碍的同时,也力求提高其阅读兴趣,从而在轻松愉快的阅读中获得更多、更广泛的知识。

仓促之间,疏误难免,期待读者批评指正。

郝　歆

目　录

王勃一首
　送杜少府之任蜀州 …………………………………… 1
贺知章一首
　回乡偶书 ……………………………………………… 5
张若虚一首
　春江花月夜 …………………………………………… 8
陈子昂一首
　登幽州台歌 …………………………………………… 14
张九龄一首
　望月怀远 ……………………………………………… 17
王翰一首
　凉州词 ………………………………………………… 20
王之涣二首
　登鹳雀楼 ……………………………………………… 24
　凉州词 ………………………………………………… 27
王湾一首
　次北固山下 …………………………………………… 30
孟浩然一首
　过故人庄 ……………………………………………… 34
王昌龄三首
　出塞 …………………………………………………… 38
　芙蓉楼送辛渐 ………………………………………… 41

闺怨 …………………………………………………… 44
祖咏一首
　　终南望馀雪 ………………………………………… 47
刘眘虚一首
　　阙题 ………………………………………………… 50
王维四首
　　山居秋暝 …………………………………………… 53
　　使至塞上 …………………………………………… 57
　　送元二使安西 ……………………………………… 60
　　九月九日忆山东兄弟 ……………………………… 63
李白七首
　　宣州谢朓楼饯别校书叔云 ………………………… 66
　　将进酒 ……………………………………………… 71
　　关山月 ……………………………………………… 76
　　渡荆门送别 ………………………………………… 80
　　独坐敬亭山 ………………………………………… 83
　　早发白帝城 ………………………………………… 86
　　黄鹤楼送孟浩然之广陵 …………………………… 89
高适一首
　　别董大 ……………………………………………… 93
常建一首
　　题破山寺后禅院 …………………………………… 96
崔颢一首
　　黄鹤楼 ……………………………………………… 100
杜甫六首
　　望岳 ………………………………………………… 104
　　春日忆李白 ………………………………………… 108

春望 …………………………………… 112
　　春夜喜雨 ………………………………… 116
　　闻官军收河南河北 ……………………… 119
　　江南逢李龟年 …………………………… 122
岑参一首
　　白雪歌送武判官归京 …………………… 125
刘方平一首
　　月夜 ……………………………………… 129
张继一首
　　枫桥夜泊 ………………………………… 132
韩翃一首
　　寒食 ……………………………………… 136
韦应物一首
　　滁州西涧 ………………………………… 139
孟郊二首
　　游子吟 …………………………………… 142
　　登科后 …………………………………… 145
张籍一首
　　秋思 ……………………………………… 148
韩愈一首
　　早春呈水部张十八员外 ………………… 151
白居易二首
　　赋得古原草送别 ………………………… 153
　　长恨歌 …………………………………… 157
刘禹锡二首
　　竹枝词 …………………………………… 169
　　乌衣巷 …………………………………… 173

崔护一首
　　题都城南庄 …………………………………… 177
柳宗元二首
　　渔翁 ……………………………………………… 181
　　江雪 ……………………………………………… 185
元稹一首
　　行宫 ……………………………………………… 187
张祜一首
　　题金陵渡 ………………………………………… 190
杜牧三首
　　江南春 …………………………………………… 194
　　泊秦淮 …………………………………………… 197
　　秋夕 ……………………………………………… 200
陈陶一首
　　陇西行 …………………………………………… 203
李商隐二首
　　无题 ……………………………………………… 206
　　夜雨寄北 ………………………………………… 210
曹松一首
　　己亥岁 …………………………………………… 213
韦庄一首
　　台城 ……………………………………………… 217

王勃 一首

王勃（650—676）：字子安，绛州龙门（今山西河津）人。他少年聪颖，有"神童"之称，十六岁参加科举考试便一举中第。后来因为写《檄英王鸡》，激怒了唐高宗，被认为挑拨王子之间的关系，被逐出王府。上元二年（675），王勃渡海去探望父亲，归来时溺水受惊而死，年仅二十六岁。他的骈文《滕王阁序》更是脍炙人口的名篇。

送杜少府之任蜀州①

城阙辅三秦②，风烟望五津③。
与君离别意，同是宦游人④。
海内存知己，天涯若比邻⑤。
无为在歧路⑥，儿女共沾巾⑦。

【注释】

① 杜少府：王勃的朋友，生平事迹不详。少府，即县尉。之任：赴任。　蜀州：在今四川崇庆。

② 城阙：指京城长安。　辅：护持。　三秦：今陕西一带。

③ 五津：指四川境内岷江上的五个渡口。此处借指杜少府将要赴任的蜀州。

④宦游人:离家在外做官的人。
⑤存:想念。 比邻:近邻,古代以五家为一"比"。
⑥歧路:岔路口,指分手的地方。
⑦沾巾:指流泪。

【译文】

三秦之地护持着京都长安,
遥望五津是一片风烟弥漫。
我和你有同样的离别感慨,
因为都是宦海中浮沉的人。
四海之内思念知心的好友,
远在天边也如同挨着近邻。
不要在这分手的岔路口上,
像小儿女那样地泪湿佩巾。

点 评

王勃的这首五言律诗是为送别朋友而作。它摆脱了以往送别诗一味伤感、哭哭啼啼的小儿女情态,变哀怨为开朗,把离情别绪写得精神昂扬,表现了诗人奋发有为的旷达胸襟。"城阙辅三秦,风烟望五津"写出了三秦大地的辽远壮阔和蜀地风光的遥远迷茫。朋友即将远行了,去往那迷离苍茫的蜀地,在这分手的时刻,我要送给他怎样的临别赠言呢?于是,诗人吟出了"海内存知己,天涯若比邻"这样振奋人心的绝唱,如此豪迈壮阔,使其他所有的送别诗都黯然失色。从此以后,人们找到了与江淹《别赋》中所咏叹的"黯然销魂者,唯别而已矣"完全不同的另一种惜别的滋味。

扩展阅读

这里讲一个和王勃《滕王阁序》有关的故事。据《唐摭言》卷五记载：

> 王勃著《滕王阁序》，时年十四。都督阎公不之信。勃虽在座，而阎公意属子婿孟学士者为之。已宿构矣。及以纸笔巡让宾客，勃不辞让。公大怒，拂衣而起，专令人伺其下笔，第一报云："南昌故郡，洪都新府。"公曰："亦是老生常谈。"又云："星分翼轸，地接衡庐。"公闻之，沈吟不言。又云："落霞与孤鹜齐飞，长天共秋水一色。"公矍然而起，曰："此真天才，当垂不朽矣！"遂亟请宴所，极欢而罢。

王勃小小年纪便语惊四座，一句"落霞与孤鹜齐飞，长天共秋水一色"使阎公的态度发生了一百八十度的大转弯，无怪乎世人要把"初唐四杰"之首的冠冕赠给他了。

贺知章 一首

贺知章(659—744):字季真,会稽永兴(今浙江萧山)人。武则天证圣元年(695)进士。天宝二年(743),自请为道士还乡。他性情放诞,自号"四明狂客",好饮酒,喜谈笑,善诗歌及草隶书。李白初到长安,他一见便称李白为"谪仙人",并解下所佩的金龟换酒,与李白共饮为乐。杜甫作《饮中八仙歌》,把贺知章列为"八仙"之首。另有《咏柳》一诗,亦清新可爱。

回乡偶书

少小离家老大回,乡音无改鬓毛衰①。
儿童相见不相识,笑问客从何处来。

【注释】
①鬓毛衰(cuī):指须发疏落变白。衰,稀疏。

【译文】

少小离开家乡老了才返回,
乡音没变两鬓毛发已花白。
孩子们看见了全都不认识,
笑着问我是从什么地方来?

点评

诗人三十六岁中进士,此前就已离开故乡,在外为官近五十年,直到八十四岁才回到阔别已久的故乡。这首诗就是返乡时所作。

诗人久客返乡,置身于故乡熟悉而又陌生的环境中,心情颇不宁静。少小离家之时,风华正茂;如今归来,鬓发斑白疏落。数十年客居异乡,世事变迁,从未改变的是乡音和乡情。"儿童相见不相识,笑问客从何处来"为我们勾勒了一个富有戏剧性的场面:一边是老迈衰颓,一边是天真无邪。儿童淡淡地一问,引出老者无穷的感慨。诗以问句收尾,而这有问无答的弦外之音却将诗人心中最难言传的复杂感情表现出来了。

这一问极富生活情趣,用欢乐的场面来表现哀情,看似平常,却又十分巧妙。正如王夫之《姜斋诗话》中所云:"以乐景写哀,以哀景写乐,一倍增其哀乐。"诗人从极平凡的生活中开掘出了隽永的情趣,从而入木三分地表达了一般人都有而又不能道出的久客返家的真挚情感。

扩展阅读

"落叶归根"是中国人自古以来的传统,古人尤其看重"衣锦还乡",因为这样既可光宗耀祖,又能见重当世。贺知章离开长安返乡时,唐玄宗还特意写诗为他送行,可谓荣耀一时。同样是还乡,滋味却有天壤之别,唐初诗人宋之问因依附张易之而被贬岭南,不久逃回,在渡汉江时写了一首《渡汉江》:

岭外音书绝,经年复历春。

近乡情更怯,不敢问来人。

家愈近而情愈怯,为的是戴罪逃归,因为家中情况不明,能不害怕吗?杜甫《述怀》诗:"自寄一封书,今已十月后。反畏消息来,寸心亦何有。"心境何其相似?

张若虚 一首

张若虚(生卒年不详):扬州(今江苏扬州)人。与贺知章、包融、张旭齐名,号称"吴中四士"。张若虚诗名早著而作品却多已散失,现仅存二首,其中《春江花月夜》被誉为"孤篇横绝"。只这一首诗,便使张若虚跻身初唐名家之列。

春江花月夜①

春江潮水连海平,海上明月共潮生。
滟滟随波千万里②,何处春江无月明。
江流宛转绕芳甸③,月照花林皆似霰④。
空里流霜不觉飞⑤,汀上白沙看不见⑥。
江天一色无纤尘,皎皎空中孤月轮。
江畔何人初见月?江月何年初照人?
人生代代无穷已,江月年年只相似。
不知江月待何人,但见长江送流水。
白云一片去悠悠,青枫浦上不胜愁⑦。
谁家今夜扁舟子⑧?何处相思明月楼⑨?

可怜楼上月徘徊,应照离人妆镜台⑩。
玉户帘中卷不去,捣衣砧上拂还来⑪。
此时相望不相闻,愿逐月华流照君⑫。
鸿雁长飞光不度,鱼龙潜跃水成文⑬。
昨夜闲潭梦落花⑭,可怜春半不还家。
江水流春去欲尽,江潭落月复西斜。
斜月沉沉藏海雾,碣石潇湘无限路⑮。
不知乘月几人归,落月摇情满江树⑯。

【注释】

①春江花月夜:南朝乐府旧题,属《清商曲·吴歌曲》,相传创自陈后主。

②滟(yàn)滟:水波闪动的样子。

③芳甸:长满花草的江岸。

④霰(xiàn):雪珠。

⑤霜:指月光。

⑥汀(tīng):江边平地。

⑦青枫浦:今湖南浏阳河边的渡口,是诗中游子所处之地。

⑧扁(piān)舟子:指客居在外的游子。

⑨明月楼:指思妇所在的闺楼。

⑩离人:指思妇。

⑪玉户:指闺中。 捣衣砧(zhēn):捣衣石。 此二句用卷不去、拂还来的月光比喻思妇难以排遣的对游子的思念。

⑫逐:随。 月华:月光。

⑬潜跃:在水中翻腾。 水成文:指鱼在水中跃动,激起阵阵波纹。古人常谓鱼、雁可以传递书信。

⑭闲潭:幽寂的水潭。 落花:意谓春事将暮,喻思妇容颜老去。

⑮碣石：山名。在今河北境内。　潇湘：潇水和湘水在湖南零陵合流，称为潇湘。碣石、潇湘代表游子和思妇天各一方，相距遥远。
⑯摇情：落月的余晖摇动着江树，象征着离人缠绵的情意。

【译文】

春潮像与海水相连似遥远平阔,
大海上的明月和潮水一起生长。
水光闪动随着波浪流向千万里,
何处春江没有闪烁跳跃的月光。
江水绕着长满鲜花的江岸流过,
月光投射在花丛上像雪珠散落。
如霜的月光不知不觉向远飞去,
连那江滩上的白沙也难辨斑驳。
江水长天共一色而无半点尘烟,
只有那轮明月依然在空中高悬。
江边是谁第一个见到这轮明月?
这明月又从何年开始照耀人间?
人生一代一代无穷无尽地更替,
而江月却年复一年地如此相似。
不知道这轮江月正等待着何人,
只看见漫长的江水不停地流逝。
一片白云飘向远方似这般悠悠,
绿色枫叶点缀的渡口牵人离愁。
今夜扁舟上飘荡的是谁家游子?
相思的佳人又伫望在哪座闺楼?
可爱的月光在闺楼上徘徊不去,
一定是映照着那思妇的梳妆台。
月光照在那门帘上卷也卷不去,
又流淌在捣衣石上拂去又回来。
这时候两地相望却又不能倾诉,
但愿月光带我的思念到你窗户。
善飞的鸿雁也不能将月光捎带,
鱼龙泛起波纹也不能到你津渡。

昨夜梦见潭边已落去许多的花,
可怜春过一半你怎么还不还家。
江水不停地流去将把春天带走,
潭上的落月已经又向西边倾斜。
西斜的月亮慢慢地沉落入海雾,
碣石与潇湘之间相距遥远路途。
不知今夜有几个游子乘月归来,
落月的余晖摇动着满天的江树。

点 评

诗人开篇就为我们描绘了一幅月色笼罩下的春江花林的壮丽画卷,围绕着春、江、花、月、夜五种物象逐层铺展,将春宵月下江边花甸的优美而又朦胧的景色渲染得空灵、动人。无边的风月美景最能激发起诗人的感慨,"江畔何人初见月?江月何年初照人?人生代代无穷已,江月年年只相似",由江月写到宇宙人生,不仅表达了诗人深邃的哲学思考,而且使诗情、画意与哲理和谐地融为一体,构成了引人遐思的奇妙的艺术境界。接着,又由写景过渡到对游子思妇离愁别绪的抒写上。思妇在月下楼头望眼欲穿,游子在江边树下徘徊嗟叹。一种相思,两地离愁。有限的人生充满太多无可奈何的感伤、惆怅和留恋,"卷"不去,"拂"还来。最后以"落月摇情满江树"收束全篇,余音袅袅,绕梁不绝。闻一多称颂这首诗不愧为"诗中的诗,顶峰上的顶峰"。

《春江花月夜》本是乐府旧题,写作者众多,但这一旧题到了张若虚手里,便突发异彩,获得了不朽的生命力,将此前许多的《春江花月夜》远远地抛到了后面。时至今日,人们已不再关心旧题的原创者是谁,而只记得一个张若虚了。

扩展阅读

张若虚以一首《春江花月夜》而名垂千古,但这么一位有才华的诗人,他流传于世的诗作除了这首乐府之外,却只有《代答闺梦还》了,特录于下:

关塞年华早,楼台别望违。
试衫著暖气,开镜觅春晖。
燕入窥罗幕,蜂来上画衣。
情催桃李艳,心寄管弦飞。
妆洗朝相待,风花暝不归。
梦魂何处入,寂寂掩重扉。

陈子昂 一首

陈子昂（661—702）：字伯玉，梓州射洪（今属四川）人。家世豪富，年十八才开始发奋读书，睿宗文明元年（684）中进士，为武则天所赏识。后辞官归乡，被县令段简诬陷，冤死狱中。他倡导诗文革新，提倡"汉魏风骨"和"风雅兴寄"，对唐代诗歌的繁荣有很大的启迪作用。

登幽州台歌①

前不见古人②，后不见来者③。
念天地之悠悠④，独怆然而涕下⑤。

【注释】
①幽州台：即蓟北楼，又称蓟丘、燕台，故址在今北京。
②古人：指战国时的燕昭王，他曾筑台置黄金来招纳天下贤士。
③来者：指后世能够礼贤下士的明君。
④悠悠：无穷无尽的样子。
⑤怆然：悲伤的样子。 涕：眼泪。

【译文】

前不见古代的圣贤,
后不见来世的豪杰。
感念人生短暂宇宙无穷,
孤独的我只有悲伤泪流。

点评

武则天万岁通天元年(696),契丹攻陷营州。武则天派建安王武攸宜率军征讨,陈子昂以右拾遗随军参谋。武攸宜轻率专断,毫无军事才能,次年兵败,陈子昂请求遣万人作前驱以击敌,武攸宜不允。稍后,陈子昂又进言,仍不听,反而把他降为军曹。诗人郁郁不得志,眼看着建功立业、报效国家的愿望成为泡影,因此在路过蓟丘、登上幽州台时写下了这首诗。"前不见古人,后不见来者",诗人有一颗建功立业的心,然而却见不到像前代燕昭王那样重用贤才的君主,也来不及见到后世的贤君,慨叹自己怀才不遇、报国无门和生不逢时的愤懑心情。后两句"念天地之悠悠,独怆然而涕下"抒发了时空广阔渺远而生命短暂的悲凉情怀,表现了诗人寂寞、苦闷的情绪。全诗给人一种苍凉悲壮的艺术感染力。诗中所反映的孤独悲哀的情怀,常常为古往今来许多怀才不遇的人所共有,因而获得了广泛的共鸣。

扩展阅读

陈子昂写《登幽州台歌》的同时,还作了《蓟丘览古赠卢居士藏用》七首诗,对战国时燕昭王礼遇乐毅、郭隗,燕太子丹礼遇田光等的历史事迹,寄予了无限的仰慕之情。这组诗前尚有一小序:

> 丁酉岁,吾北征。出自蓟门,历观燕之旧都,其城池霸迹已芜没矣。乃慨然仰叹,忆昔乐生、邹子,群贤之游盛矣。因登蓟丘,作六诗以志之,寄终南卢居士,亦有轩辕之遗迹也。

今录《乐生》一首于下:

> 王道已沦昧,战国竞贪兵。
> 乐生何感激,仗义下齐城。
> 雄图竟中夭,遗叹寄阿衡。

其情亦烈,其气亦壮,可作为《登幽州台歌》一诗的注脚。

张九龄 一首

张九龄（678—740）：字子寿，一名博物，韶州曲江（今广东韶关）人。武则天长安二年（702）进士，是开元时代的贤明宰相。后被李林甫诽谤、排挤，贬为荆州长史，不久即去世。写有《感遇》十二首。

望月怀远

海上生明月，天涯共此时。
情人怨遥夜①，竟夕起相思②。
灭烛怜光满③，披衣觉露滋。
不堪盈手赠④，还寝梦佳期⑤。

【注释】
①情人：有情之人，这里指作者自己。　遥夜：长夜。
②竟夕：整夜。
③怜：爱。　光满：月光满照。指月色皎洁，浩渺无边。
④不堪：不能。　盈手赠：捧着满手的月光相赠。
⑤还（huán）寝：回去睡觉。　佳期：相见的日子。

【译文】

茫茫的海上升起一轮明月,
天涯海角的人都一同仰望。
有情人埋怨这夜晚太漫长,
整夜不眠把亲人苦苦思念。

熄灭蜡烛喜爱这满室月光,
月下披衣徘徊露水凉丝丝。
不能把满手的月光送给你,
倒不如回房梦中与你相会。

点评

　　这是一首月夜怀人的抒情诗。"海上生明月"是望月,"天涯共此时"是怀远。诗人因望月而怀远,因怀远而又长久地望月。有情人对月思人,整夜无法入睡,却埋怨这夜太漫长。吹熄蜡烛,屋内洒满了可爱的月光,披衣走出屋外,发现夜已深沉,露水沾湿了衣裳,透着一股寒意。多想掬起满手的月光,把它送给相思之人,以表达自己的心意,可是月光"不堪盈手赠",还是回屋睡吧,等待梦中与情人相聚。诗中意境清幽的月夜和悠悠不断的情思,读来余韵袅袅,令人回味不已。

扩展阅读

　　张九龄是唐开元朝的贤相,却被李林甫诽谤中伤而遭贬,《诗人玉屑》中记载了这件事:

> 张九龄为相,有謇谔匪躬之诚。明皇怠于政事,李林甫阴中伤之。方秋,明皇令高力士持白羽扇赐焉。九龄作赋以谢,曰:"苟效用之得所,虽杀身而何忌?"又曰:"纵秋气之移夺,终感恩于箧中。"又作《归燕》诗贻林甫,曰:"海燕虽微眇,乘春亦暂来。岂知泥滓贱,只见玉堂开。捷户时双入,华堂日几回。无心与物竞,鹰隼莫相猜。"林甫知其必退,恚怒稍解。

李林甫以小人之心度君子之腹,难怪张九龄把他比作"鹰隼"而加以嘲讽。

王翰 一首

王翰(生卒年不详):字子羽,并州晋阳(今山西太原)。唐睿宗景云元年(710)进士。王翰性情豪放,生活奢靡,恃才不羁,常与才士饮酒作乐。他存诗不多,然诗中多有壮丽之辞。

凉州词[①]

葡萄美酒夜光杯[②],欲饮琵琶马上催[③]。
醉卧沙场君莫笑,古来征战几人回。

【注释】
① 凉州词:是唐代乐府《凉州曲》的歌词。
② 夜光杯:相传周穆王时代胡人用白玉制成的酒杯。这里指精美的酒杯。
③ 琵琶:胡人的一种乐器,常是骑在马上弹奏。 催:弹奏。

【译文】

葡萄美酒斟满夜光杯,
刚要畅饮琵琶又在催。
醉卧沙场请你不要笑,
自古征战几人能够回。

点 评

　　这首《凉州词》是王翰的代表作。它描写了将士出征前的一次丰盛的酒宴,表现了他们驰骋沙场的豪情,也流露出出征难回的悲凉意绪。首句写用名贵的夜光杯喝着西域有名的葡萄美酒,烘托了酒宴热烈欢快的气氛。第二句写将士们刚要痛饮,马背上的琵琶声已在催促他们出发了。"醉卧沙场君莫笑,古来征战几人回"既是醉中语,又是清醒话,既有把生死置之度外一醉沙场的豪情,也有"醉卧沙场"总比征战不回为好的旷达,还有今日醉卧明日可能不回的悲凉。诗情热烈奔放,是盛唐边塞诗中的佼佼者。

扩展阅读

　　古人喜饮酒,美酒名目也很多,如:汉武帝有兰生酒,曹操有缥醪,唐玄宗有三辰酒,陈后主有红粱新酿,苏轼有罗浮春、真一酒,陆游有玉清堂酒,欧阳修有冰堂春酒。古代还有专门记载酿酒之法的酒经,《北山酒经》就记载了酿造葡萄酒的方法:

　　酸米入甑蒸,气上用杏仁五两,葡萄二斤半,与杏仁同于砂盆内一处,用熟浆三斗,逐旋研尽为度,以生绢滤过。其三斗熟浆浇饭软,盖良久,出饭,摊于案上,依常法候温,入曲搜拌。

《搜神记》中记载了一种神奇的中山酒,饮一杯即大醉千日:

　　狄希,中山人也,能造千日酒,饮之千日醉。时有州人,姓刘,名玄石,好饮酒,往求之。希曰:"我酒发来未定,不敢饮君。"石曰:"纵未熟,且与一杯,得否?"希闻此语,不免饮之。复索曰:"美哉!可更与之。"希曰:"且归,别日当来,只此一杯,可眠千日也。"石别,似有怍色。至家,醉死。家人不之疑,哭而葬之。经三年,希曰:"玄石必应酒醒,宜往问之。"既往石家,语曰:"石在家否?"家人皆怪之曰:"玄石亡来,服已阕矣。"希惊曰:"酒之美矣,而致醉眠千日,今合醒矣。"乃命其家人凿冢,破棺,看之,冢上汗气彻天。遂命发冢,方见开目,张口,引声而言曰:"快者醉我也。"因问希曰:"尔作何物也?令我一杯大醉,今日方醒,日高几许?"墓上人皆笑之,被石酒气冲入鼻中,亦各醉卧三月。

这酒也真是厉害,一醉便是千日,看来一生也禁不起几回醉。

王之涣 二首

王之涣（688—742）：字季凌，祖籍晋阳（今山西太原），后徙居绛郡（今山西新绛）。自幼聪慧，成年后任衡水主簿，因受人诬陷而辞官。于是漫游高山名川，足迹遍及黄河南北，广交文坛名士。与高适、王昌龄等人相唱和，流传有"旗亭画壁"的故事。

登鹳雀楼①

白日依山尽，黄河入海流。
欲穷千里目，更上一层楼。

【注释】

①鹳（guàn）雀楼：在今山西永济。楼高三层，因常有鹳雀栖集其上而得名，是唐代著名的登临胜地。

【译文】

夕阳靠着山脊缓缓沉落,
黄河奔腾东流汇入海洋。
想要看到千里远的风景,
还须得再攀登上一层楼。

点评

这首诗是唐代五绝中的压卷之作,最能体现出唐诗雄浑的特色。先写登楼所见:白日缓缓西落,黄河滚滚入海。既有白日依山的情态宛然,又有黄河奔腾的气势不凡。仅仅十字便将万里河山的壮美尽收笔端。胜景惹人流连,然而白日将尽,黄河入海,如何挽留?于是,顺理成章地悟出"欲穷千里目,更上一层楼"的至理。只有站得高,才能望得远,使整首诗的境界得到了提升。诗人向上进取的精神、高瞻远瞩的胸襟展现在我们面前。

鹳雀楼是著名的登临胜地,唐代有许多诗人留诗于此。沈括在《梦溪笔谈》中说:

> 河中府鹳雀楼三层,前瞻中条,下瞰大河。唐人留诗者甚多。惟李益、王之涣、畅当三篇能状其景。

李益的诗是一首七律,畅当的诗是一首五绝。这两首诗均淹没不闻,只有王之涣的《登鹳雀楼》独步千古。

扩展阅读

中国古代有四大名楼:分别是山西的鹳雀楼(在今永济市),江西的滕王阁(在今南昌市),湖北的黄鹤楼(在今武汉市)和湖南的岳阳楼(在今岳阳市)。王之涣的《登鹳雀楼》、王勃的《滕王阁序》、崔颢的《黄鹤楼》和范仲淹的《岳阳楼记》,极大地提高了四大名楼的知名度。

凉州词

黄河远上白云间,一片孤城万仞山①。
羌笛何须怨杨柳②,春风不度玉门关③。

【注释】
①万仞(rèn):极言山高。古代以八尺为一仞。
②杨柳:指北朝乐府《折杨柳》曲调。古时有折柳赠别的习俗。
③玉门关:在今甘肃敦煌西,是唐代与西域交通的要道。

【译文】
黄河远远流泻好像通到白云上面,
一座孤城被万仞高山紧紧地环抱。
声调凄切的羌笛何必去怨恨杨柳,
春风是不会吹送到玉门关之外的。

点评

　　《凉州词》本是唐乐府《凉州曲》的唱词,诗题又作《出塞》。《凉州曲》为曲调名,是开元年间由西凉都督郭知运搜集进献给唐玄宗的西域曲谱,教坊将其翻成中国曲调。后来这一曲调赢得了众多诗人的喜爱,纷纷据以填写新词,因此唐代出现了多首《凉州词》,而《凉州曲》也成了盛唐流行的曲调。

　　诗中描写了壮阔的边塞风光,用委婉的诗句表达了戍边士卒深沉的离愁哀怨。诗的首句是一幅远眺黄河的壮丽画面:黄河从辽阔的高原上奔腾而来,就好像是从白云间倾泻而下。接着又将视线拉回到塞上的孤城,这座孤城处在高山大河的环抱中,益觉险峻、孤独。而与这座漠北孤城相伴的就是戍边的士卒,他们在如此荒凉、苦寒的境遇里将会有怎样的心绪呢?"羌笛何须怨杨柳"引入了羌笛声,而羌笛所奏的又恰好是《折杨柳》的曲调,这就不能不勾起戍卒的离愁了。唐代折柳赠别的风俗最盛,"柳"与"留"谐音,人们往往赠柳以为留念。乐府《横吹曲辞·折杨柳歌辞》曰:

　　　　上马不捉鞭,反折杨柳枝。蹀座吹长笛,愁杀行客儿。

于是,杨柳便与离别有了密切的联系,就连听到《折杨柳》的羌笛声,也会触动离愁别恨。然而玉门关外,春风不度,杨柳不青,想折柳寄情也难以如愿。笛声似乎也了解戍卒的哀愁在"怨杨柳",却又用"何须怨"的豁达语调来宽解、排遣。整首诗慷慨苍凉,悲而不失其壮,没有半点颓丧的情绪,充分展示了盛唐诗人广阔的胸怀。

　　王之涣的朋友靳能为他写的《墓志铭》中有这样一句,"歌从军,吟出塞……传乎乐章,布在人口",此言不虚。

扩展阅读

唐代薛用弱在《集异记》卷二记载了一则"旗亭画壁"的故事：

开元中，诗人王昌龄、高适、王之涣齐名。……一日，天寒微雪，三诗人共诣旗亭，贳酒小饮。忽有梨园伶官十数人登楼会宴。……俄有妙妓四辈，寻续而至，奢华艳曳，都冶颇极。旋则奏乐，皆当时之名部也。昌龄等私相约曰："我辈各擅诗名，每不自定其甲乙，今可以密观诸伶所讴，若诗入歌词之多者，则为优矣。"俄而一伶拊节而唱，乃曰："寒雨连江夜入吴，平明送客楚山孤。洛阳亲友如相问，一片冰心在玉壶。"昌龄则引手画壁曰："一绝句。"寻又一伶讴曰："开箧泪沾臆，见君前日书。夜台何寂寞，犹是子云居。"适则引手画壁。曰："一绝句。"寻又一伶讴曰："奉帚平明金殿开，强将团扇共徘徊。玉颜不及寒鸦色，犹带昭阳日影来。"昌龄则又引手画壁曰："二绝句。"之涣自以得名已久，因谓诸人曰："此辈皆潦倒乐官，所唱皆巴人下里之词耳，岂阳春白雪之曲，俗物敢近哉！"因指诸妓之中最佳者曰："待此子所唱，如非我诗，则终身不敢与子争衡矣！脱是吾诗，子等当须列拜床下，奉吾为师。"因欢笑而俟之。须臾，次至双鬟发声，则曰："黄河远上白云间，一片孤城万仞山。羌笛何须怨杨柳，春风不度玉门关。"之涣即揶揄二子曰："田舍奴，我岂妄哉！"因大谐笑。诸伶不喻其故，皆起诣曰："不知诸郎君何此欢噱？"昌龄等因话其事，诸伶竞拜曰："俗眼不识神仙，乞降清重，俯就筵席。"三子从之，欢醉竟日。

传说的记载未必可靠，但至少说明这首诗在当时确已广为传唱。

王湾 一首

王湾（生卒年不详）：洛阳（今属河南）人。太极元年（712）进士。今存诗仅十首，五律《次北固山下》为中书令张说所激赏。

次北固山下①

客路青山外②，行舟绿水前。
潮平两岸阔③，风正一帆悬④。
海日生残夜⑤，江春入旧年。
乡书何处达⑥，归雁洛阳边⑦。

【注释】

①次：泊舟。 北固山：在今江苏镇江，与金山、焦山合称"京口三山"。此诗又题作《江南意》。
②客路：远行的路。
③潮平：潮水上涨与两岸齐平。
④风正：指顺风。 一帆：孤舟。
⑤残夜：夜色尚未完全退去之时。
⑥乡书：家信。

⑦归雁：古人认为鸿雁可以传递书信。

【译文】

青山下蜿蜒着一条小路,
绿波上荡漾着一叶小舟。
潮水上涨两岸益加宽阔,
顺风行船桅上孤帆高悬。
残夜未消已是日出海面,
旧年将尽江上春意盎然。
书信如何才能寄到家乡,
拜托鸿雁带到洛阳那边。

点 评

王湾是洛阳人,一生中,"尝往来吴楚间"。北固山在今江苏镇江市北,三面临江。作者当是经镇江到江南去,泊舟北固山下,写成了这首千古名篇。

诗中所写是冬末春初江行途中的所见所感。开头以对偶句发端,用"客路"和"行舟"来表达人在江南而神驰故里的飘泊羁旅之情,为其后抒写乡愁创设出收放自如的挥洒空间。"潮平两岸阔"将水高江阔、波平浪静的景象表现出来,写得恢宏阔大,接着"风正一帆悬"更是出彩妙笔,勾勒出一幅壮美的大江行船图:宽阔的江面上,一叶船帆高高挂起,行进在青山绿水间。接下来的"海日生残夜,江春入旧年"是脍炙人口的名句,由此句得知诗人是在岁暮腊残之时,连夜行船的。此时,船行江中,潮平无浪,残夜未竟,天色将明。一轮红日从海天相接处缓缓升起,春天也按捺不住自己的脚步,悄悄走进了尚未逝去的旧年。诗人把昼夜更替的壮观景象和新旧相接的时光荏苒描绘得出神入化,道出流年似水、岁月暗换的人生感悟,从而在这不可待的匆匆岁月中自然而然生发出思乡盼归的乡情。"乡书何处达,归雁洛阳边"与首联遥相呼应,请鸿雁将自己浓浓的思念带回家乡,使诗中的景物都着上了人的感情色彩,朦胧着一层淡淡的乡愁。

扩展阅读

北固山，在今江苏省镇江市，据史书记载，北固山"下临长江，回岭斗绝"，三吴时孙权建都于此，而北固山遂为战略要地。

南宋大词人辛弃疾曾路过此地，作《永遇乐》词，歌咏历史。词曰：

千古江山，英雄无觅、孙仲谋处。舞榭歌台，风流总被、雨打风吹去。斜阳草树，寻常巷陌，人道寄奴曾住。想当年，金戈铁马，气吞万里如虎。　　元嘉草草，封狼居胥，赢得仓皇北顾。四十三年，望中犹记，烽火扬州路。可堪回首，佛狸祠下，一片神鸦社鼓。凭谁问，廉颇老矣，尚能饭否？

孟浩然 一首

孟浩然（689—740）：名不详，以字行世。襄州襄阳（今湖北襄阳）人。四十岁才到长安参加科举考试，落第后漫游东南各地。后来王昌龄路过襄阳，孟浩然与之饮酒作乐，不幸因吃虾蟹中毒，背疽发病而死。他的诗多描写田园山川，是山水田园诗派的代表人物。

过故人庄①

故人具鸡黍②，邀我至田家。
绿树村边合③，青山郭外斜④。
开轩面场圃⑤，把酒话桑麻⑥。
待到重阳日⑦，还来就菊花⑧。

【注释】

①过：拜访。　故人：老朋友。

②具：备办。　黍（shǔ）：黄米。

③合：环抱。

④郭:城郭,外城,指城墙。
⑤轩:窗户。　面:对着。　场:打谷场。　圃(pǔ):菜园。
⑥把酒:端着酒杯饮酒。　话桑麻:指谈论农事。
⑦重阳日:即农历九月初九重阳节,这天,人们有饮酒赏菊的习俗。
⑧就菊花:即前来赏菊。就,靠近。

【译文】

老朋友准备了丰盛的饭菜,
邀请我到他的农庄去做客。
绿树层层环绕着村庄四周,
青山就斜卧在村郭的外边。
打开窗面对着谷场和菜园,
边饮美酒边谈论农事桑麻。
等到九月九日的重阳佳节,
我还要再来饮酒欣赏菊花。

点评

这是一首著名的田园诗。诗中没有一个夸张的词语,只有一个普通农家一顿鸡黍饭的普通款待。在青山绿树间,在浓浓的乡村气息里,诗人与朋友边饮美酒边"话桑麻",主人热情,客人愉快,宾主之间亲切融洽的情态就跃然纸上了。诗人被农庄的生活深深吸引,于是临走时向主人率真地表示"待到重阳日,还来就菊花"。整首诗给人一种恬淡亲切的感觉。有人称孟浩然的诗"语淡而味终不薄",似乎得到了陶渊明的真传。

扩展阅读

古人对于九月九日重阳节特别重视，其名字的由来，据曹丕《九日与钟繇书》云："岁往月来，忽复九月九日，九为阳数，而日月并应，俗嘉其名，以为宜于长久，故以享宴高会。"因为九是阳数，所以九月九日称之为"重阳"。此日有饮菊花酒之习俗。据《西京杂记》载：

> 九月九日，佩茱萸，食蓬饵，饮菊花酒，令人长寿。菊花舒时，并采茎叶，杂黍米酿之，至来年九月九日始熟，就饮焉，故谓之菊花酒。

东晋大诗人陶渊明喜饮酒赏菊。相传有一年重阳日，陶渊明没有酒可饮，就采了一大把菊花，忽然看见王弘送酒来给他，便以菊酌酒，喝得大醉而归。

王昌龄 三首

王昌龄（约694—约757）：字少伯，京兆万年（今陕西西安）人。开元十五年（727）进士，安史之乱时被杀。他与高适、岑参、常建、王维、李白、孟浩然等皆有交往。诗以绝句为主，尤擅七绝，有"七绝圣手"和"诗家夫子王江宁"之称。

出塞①

秦时明月汉时关，万里长征人未还②。
但使龙城飞将在③，不教胡马度阴山④。

【注释】

①出塞：是乐府旧题，属《横吹曲》。
②"秦时"二句：意谓自秦汉以来，边疆一直在无休止地进行战争。
③龙城飞将：指西汉武帝时右北平太守李广。他英勇善战，威震龙城，被匈奴称为"飞将军"。
④胡马：指常来扰边的匈奴骑兵。 阴山：指今内蒙古中部的阴山山脉，是古代中国抵御北方异族侵犯的天然屏障。

【译文】

秦朝的明月依旧照在汉朝的雁门关上,
那在万里以外远征的人还是没有回来。
我想如果以前的龙城飞将军今天还在,
他一定不会让胡马跨过阴山来侵犯了。

点评

  此诗揭示了秦汉以来千百年间边患不已、征人不归的历史事实。流露出对戍边士卒深切的同情，表达了人们企盼边境安宁的强烈愿望。"秦汉"是遥远的时间概念，"万里"是辽阔的空间概念，"秦"、"汉"二字使我们看到了"万里长征人未还"的悲剧，不只是唐人的不幸，而更是秦汉以来世世代代的人们共同的悲剧。"但使龙城飞将在，不教胡马度阴山"，也是秦汉以来所有渴望和平的人们的共同期盼。

  整首诗中最美最耐人寻味的一句就是"秦时明月汉时关"，细细体味，你便知道什么是"言有尽而意无穷"了。

扩展阅读

  此诗中"龙城飞将"指李广，但"龙城"指何处，有两种解释。一种解释为匈奴祭天之处，据《汉书·匈奴传上》记载："岁正月，诸长小会单于庭，祠。五月，大会龙城，祭其先、天地、鬼神。"其故地在今蒙古人民共和国鄂尔浑河西侧的和硕柴达木湖附近。另一种解释为卢龙城，在今河北省喜峰口附近，汉代为右北平郡所在地，据《史记·李将军列传》记载："召拜（李）广为右北平太守。……广居右北平，匈奴闻之，号曰'汉飞将军'，避之数岁，不敢入右北平界。"这样看来，后一种解释较为合理。

芙蓉楼送辛渐①

寒雨连江夜入吴②,平明送客楚山孤③。
洛阳亲友如相问,一片冰心在玉壶④。

【注释】
①芙蓉楼:故址在今江苏镇江。 辛渐:王昌龄的朋友,生平事迹不详。
②"吴"和下句的"楚"都泛指镇江地区。
③平明:黎明。
④冰心:像冰一样纯洁明净的心。 玉壶:玉制的剔透明亮的壶。

【译文】
　　　　连江的寒雨夜里悄然来到吴地,
　　　　黎明为你送行只见楚山的孤影。
　　　　洛阳的亲友如果问起我的情况,
　　　　请告诉他们我那冰清玉洁的心。

点评

这是一首送别兼抒怀的诗。前两句通过描写送别前夜寒雨连江的迷濛夜色来渲染一种凄凉、黯淡的送别气氛,黎明送别,又看到楚山孤立,正像客留吴地、不得与亲人团聚的自己。"洛阳亲友如相问,一片冰心在玉壶",笔锋突然一转,既不写自己与朋友的话别,也不写自己对洛阳亲友的问候,却写洛阳亲友对自己的询问,别开生面,却也另有隐情。

作此诗时,诗人正担任江宁丞,据史传记载,因为他"不护细行"而导致"谤议沸腾"。此时故友来访,通宵夜话,正可排遣一下心中的苦闷。黎明即将分别了,既有对朋友的难以割舍,也有对朋友的叮咛嘱托,要表明自己的襟怀。物议汹汹,洛阳的亲友该怎样地误会自己呀!辩也辩不清,说也说不明,还是用晶莹剔透的玉壶来为我作证吧,我的心依旧是那样的清白端正、纯洁无瑕啊!

扩展阅读

唐朝开元初年的宰相姚崇曾作过一首《冰壶诫》,今并序录于下:

> 冰壶者,清洁之至也。君子对之,示不忘乎清也。夫洞澈无瑕,澄空见底,当官明白者,有类是乎?故内怀冰清,外涵玉润,此君子冰壶之德也。

> 玉本无瑕,冰亦至洁。方圆相映,表里皆澈。喻彼贞廉,能守其节。凡今之人,就列称臣。当官以害剥为务,在上以财贿为亲。岂异夫象之有齿,以焚其身;鱼之贪饵,必曝其鳞。故君子让荣不忧,辞满为珍。以备其德,以全其真。与其浊富,宁比清贫。吴隐酌泉,庞参致水。席皮洗愦,缊袍空里。虽清畏人知,而所知远矣。嗟尔在位,禄厚官尊。固当耸廉勤之节,塞贪竞之门。冰壶是对,炯诫犹存。以此清白,遗其子孙。

这首《冰壶诫》一出,王维、崔颢、李白等纷纷写诗,以冰壶自励,推崇冰壶一样光明磊落、表里澄澈的高贵品格,王昌龄此诗也是以玉壶来表明自己的心迹。

闺怨①

闺中少妇不知愁,春日凝妆上翠楼②。
忽见陌头杨柳色③,悔教夫婿觅封侯④。

【注释】
①闺怨:指闺室中妇女的怨情。
②凝装:盛妆,意为精心打扮。
③陌头:大道边。
④觅封侯:指从军立功获取封侯爵位。

【译文】

闺中少妇不知道什么是忧愁,
春日里精心打扮登上了翠楼。
忽然看见大道边的青青杨柳,
后悔不该让丈夫从军觅封侯。

点评

　　唐代写闺怨的诗很多，这首诗却能独出心裁，别具一格。先写闺中少妇本不知愁，春日盛装登楼，观赏春色，心情是欢快的，忽然看到"陌头杨柳色"，顿生闺怨之情，"悔教夫婿觅封侯"了。

　　本来要登楼观赏春色，结果反而惹起一腔幽怨。从"不知愁"到"悔教"发生得如此迅速，仿佛难以理解。然而诗的妙处正在这里：它生动地显示了少妇心理的迅速变化，却说不清变化的具体原因与具体过程，给读者留下了充分的想象空间。总之，少妇在看到"杨柳色"的一刹那忽然明白了：封侯的荣耀远不如夫妻朝夕相爱的好。

扩展阅读

　　闺中相思之愁的话题，从古说到今，总能触动人们心中最柔软的部位，因而也总能引起读者共鸣，《红楼梦》第二十八回中贾宝玉行的"女儿"酒令也是抒发闺中相思之情的：

　　　　女儿悲，青春已大守空闺。
　　　　女儿愁，悔教夫婿觅封侯。
　　　　女儿喜，对镜晨妆颜色美。
　　　　女儿乐，秋千架上春衫薄。

接下来是"红豆曲"：

　　　　滴不尽相思血泪抛红豆，开不完春柳春花满画楼。
　　　　睡不稳纱窗风雨黄昏后，忘不了新愁与旧愁。
　　　　咽不下玉粒金莼噎满喉，照不尽菱花镜里形容瘦。
　　　　展不开的眉头，捱不明的更漏。
　　　　呀，恰便似遮不住的青山隐隐，流不断的绿水悠悠。

都说贾宝玉是情种，看来此言非虚。

祖咏 一首

祖咏（生卒年不详）：洛阳（今属河南）人。开元十二年（724）中进士。后移家汝水附近，以农耕、渔樵终老，一生未入仕。他与王维交情很深，是一个善写自然山水的诗人。

终南望馀雪

终南阴岭秀①，积雪浮云端。
林表明霁色②，城中增暮寒。

【注释】
①终南阴岭：指终南山的北面。终南山的主峰在长安之南，所以从长安城里看到的是终南山北岭的秀色。山南为"阳"，山北为"阴"，故称阴岭。
②林表：林外。 霁（jì）：雪晴。

【译文】

终南山北面的山岭景色秀美,
山顶覆盖积雪像浮在云端上。
雪后初晴日光照耀在树梢上,
傍晚长安城中显得更加寒冷。

点 评

　　这是一首应试诗,是祖咏在长安应试时所作。在长安城中遥望终南山,只能看到山北面苍秀的景色,所以说"终南阴岭秀"。阴岭背日,故而会有"馀雪"。山峰高入云端,积雪未化,正像是浮在云层上面。全诗最好的是后面两句,"林表明霁色,城中增暮寒"。雪晴日出,日光映着雪光,照在树梢上,分外明亮。生活常识告诉我们,雪后的天气要比下雪时冷得多,这余雪的寒威直逼几十里外的长安城,更增加了城中傍晚的寒意。这首诗的好处就是精练、简洁,意尽而止,绝不敷衍成篇,是一篇"咏雪"的佳作。

扩展阅读

　　这首应试诗,按照规定,祖咏应该作成一首六韵十二句的五言排律,但他只写了这四句就交卷了。有人问他为什么,他说"意尽"。《唐诗纪事》中记载了这件事:

>　　有司试《终南望馀雪》诗,(祖)咏赋云:"终南阴岭秀,积雪浮云端。林表明霁色,城中增暮寒"四句,即纳于有司,或诘之,咏曰:"意尽。"

《渔洋诗话》中还记载了一首与之相似的诗,连用的韵都一样:

>　　阎济美试《天津桥望洛城残雪》诗,只作得廿字,云"新霁洛城端,千家积雪寒。未收清禁色,偏向上阳残"。主司览之称赏再三,遂唱过。

意思说尽了,就绝不再画蛇添足,这种精神是值得推崇的。

刘眘虚 一首

刘眘(shèn)虚(生卒年不详):字全乙,洪州新吴(今江西奉新)人。开元年间进士。好与僧侣道士交往,淡泊名利。他与王昌龄、孟浩然友善。诗风接近孟浩然。

阙题①

道由白云尽②,春与青溪长。
时有落花至,远随流水香。
闲门向山路③,深柳读书堂。
幽映每白日,清辉照衣裳④。

【注释】
①阙题:此诗原有题目,后失落。唐殷璠辑录《河岳英灵集》时取名"阙题",沿用至今。
②道:路径。
③闲门:开着的门。
④清辉:指白日之光。

【译文】

　　弯曲的小路一直延伸到白云尽头,
　　春意浓浓像青青的溪水一样悠长。
　　不时有落花轻轻地飘在溪水之上,

远远地随水流淌带走一路的芬芳。
打开的屋门面对曲曲折折的山路,
深深的柳树林中还掩映着读书堂。
明亮的日光穿透这浓浓的柳树荫,
投射出清幽的光辉洒满我的衣裳。

点评

诗中句句写景,既没有写人,也没有一句直接抒情。诗人似乎是去探访一位幽居在深山的隐士,在这美好的春日里,溪水潺潺,不时有落花飘浮水面,带走一阵阵芬芳。在柳树林的深处掩映着一座读书堂,那一定是隐士钟爱的地方。这里幽雅的环境,仿佛一幅清丽的山水画,充满了诗情画意,令人心旷神怡,因而使诗歌具有了一种异乎寻常的艺术魅力。

扩展阅读

新旧《唐书》都没有为刘眘虚立传,《全唐诗话》、《唐诗纪事》的记载也很简略。刘眘虚流传至今的只有十几首诗和一篇文章。《河岳英灵集》云:

> 虚诗,情幽兴远,思苦语奇,忽有所得,便惊众听。顷东南高唱者十数人,然声律宛态,无出其右,唯气骨不逮诸公。自永明已还,可杰立江表。至如"松色空照水,经声时有人",又"沧溟千万里,日夜一孤舟",又"归梦如春水,悠悠绕故乡",又"驻马渡江处,望乡待归舟",又"道由白云尽,春与清溪长。时有落花至,远随流水香。开门向溪路,深柳读书堂。幽映每白日,清辉照衣裳",并方外之言也。惜其不永天年,陨碎国宝。

才子的逝去,总是令人痛惜不已,古今皆然。

王维 四首

王维（701—761）：字摩诘，祖籍太原祁县（今属山西晋中），后徙家蒲州河东（今山西永济）。开元九年（721）进士。安史之乱后被俘，被迫接受伪职。中年后吃斋奉佛，晚年购置辋川别业，过着半官半隐的生活。他与孟浩然同为山水田园诗派的代表人物，同时又兼擅音乐和绘画。苏东坡称其山水诗、画为"诗中有画，画中有诗"。

山居秋暝[①]

空山新雨后，天气晚来秋。
明月松间照，清泉石上流。
竹喧归浣女[②]，莲动下渔舟。
随意春芳歇[③]，王孙自可留[④]。

【注释】

①暝:日暮,夜色初临。

②竹喧:竹林中传出喧闹嬉笑的声音。 浣女:水边洗衣的女子。

③春芳:春天的芳菲。 歇:消歇,凋零。

④王孙:这里指诗人。《楚辞·招隐士》:"王孙兮归来,山中兮不可以久留。"此处反用其意,说任凭春芳消逝,秋景极佳,王孙自可留居山中。

【译文】

山中雨后初晴,
秋日傍晚来临。
明月照耀松间,
清泉石上流淌。
竹林一片喧闹,
少女洗衣归来。
水中莲花摇动,
知是叶叶渔舟。
芳菲美景消歇,
秋色使我留恋。

点 评

诗中描写的是辋川山中秋日傍晚的恬美景象,表现了诗人对山间景色的喜爱,对官场生活的厌倦,抒发了诗人的淡泊情怀和久居山中的愿望。

首联写秋日傍晚,山雨初霁,营造了一个清新明丽的环境;颔联描绘林中景色:明月、苍松、清泉、山石,把人的视觉、听觉都调动起来了,诗情画意融为一体,创造了一个明净清幽的意境。颈联的"竹喧归浣女,莲动下渔舟"写浣女嬉笑喧闹而归,渔舟披荷拨莲而下的情景,展现了山间百姓无忧无虑的纯朴生活和诗人的向往。尾联阐发诗人的归趣:任凭春芳凋谢枯萎,我仍乐意永留山中。

王维在仕途遭受挫折后,便皈依佛门,隐居山间,过着半官半隐的生活。这首诗就是从他内心中发出的真实的声音。

扩展阅读

王维自买得宋之问在蓝田的旧居后,即开辟作别墅,地在辋川,故又称"辋川别墅"。据《新唐书·王维传》载:

> 别墅在辋川,地奇胜,有华子冈、欹湖、竹里馆、柳浪、茱萸、辛夷坞,与裴迪游其中,赋诗相酬为乐。

王维又作《辋川图》,画辋川风景于其上,"山谷郁盘,云飞水动,意出尘外,怪生笔端"(《唐朝名画录》),后人评为"天机所到,非学而能"(《唐才子传》),不虚语也。

使至塞上①

单车欲问边②,属国过居延③。
征蓬出汉塞④,归雁入胡天⑤。
大漠孤烟直⑥,长河落日圆⑦。
萧关逢候骑⑧,都护在燕然⑨。

【注释】
①使:出使。 塞上:指河西节度使治所凉州(今甘肃武威)。
②单车:指轻车简从。 问边:察看边疆情形。
③属国:附属国。 居延:本是匈奴地名,汉末设县,在今甘肃张掖西北。
④征蓬:随风飘转的蓬草。此处喻指自己旅途遥远。
⑤归雁:作者自指。 胡天:指西北少数民族居住的地区。
⑥孤烟:指狼烟。古代边疆用烽烟传递信号,白天用烽烟,夜晚用烽火。烽火用狼粪燃烧,浓烟聚集直上,微风吹不斜。
⑦长河:指黄河。
⑧萧关:古关名,故址在今宁夏固原境内。 候骑(jì):指侦察骑兵。
⑨都护:都护府长官,边境的最高统帅。 燕(yān)然:代指最前线。后汉窦宪击匈奴,破北单于,曾登燕然山刻石纪功而还。

【译文】

我轻车简从去实地察看荒远的边地,
奔驰在辽阔的边境上走过属国居延。
像是随风飘转的蓬草出了汉家边塞,
有几行北归的大雁飞过胡地的天空。
浩瀚沙漠上一缕烽烟如柱直冲云霄,
奔腾万里的黄河边落日圆如中秋月。
在雄伟的萧关下面遇到了侦察骑兵,
他遥指前方说都护已经进驻燕然山。

点 评

　　这首诗是王维边塞诗中最有名的一篇。开元二十五年,河西节度使崔希逸战胜吐蕃,唐玄宗命王维以监察御史的身份出塞慰问,察访军情,而实际是将他排挤出朝廷。此诗便作于出使的途中。诗人此时的心情是激愤而又抑郁的,前四句写自己单车入胡地,像征蓬一样随风飘转,便是这种心情的真实写照。及至看到塞外奇特壮丽的风光,又得到战事已取得决定性胜利的消息时,诗人的心情便从凄寂转为喜悦,且多了一种凌云之气。

　　诗中"大漠孤烟直,长河落日圆"是写景名句,雄浑壮阔,被誉之为"独绝千古",它是这幅寥廓悲壮的塞外图的精髓,令后人钦羡不已。

扩展阅读

　　王维对自己的评价,有"当世谬词客,前身应画师"语,苏东坡在《书摩诘蓝田烟雨图》中说:

　　　　味摩诘之诗,诗中有画;观摩诘之画,画中有诗。
这也是千百年来对王维诗、画评论最精到的一句话。《红楼梦》第四十八回中林黛玉与香菱的一段对话,可以说是对王维诗、画的侧面分析,更是对此诗的深入品评。兹抄录如下:

　　　　黛玉道:"正要讲究讨论,方能长进。你且说来我听。"香菱笑道:"据我看来,诗的好处,有口里说不出来的意思,想去却是逼真的。有似乎无理的,想去竟是有理有情的。"黛玉笑道:"这话有了些意思,但不知你从何处见得?"香菱笑道:"我看他《塞上》一首,那一联云:'大漠孤烟直,长河落日圆。'想来烟如何直?日自然是圆的。这'直'字似无理,'圆'字似太俗,合上书一想,到像是见了这景的。若说再找两个字换这两个字,竟再找不出两个字来。"

送元二使安西[1]

渭城朝雨浥轻尘[2],客舍青青柳色新。
劝君更尽一杯酒,西出阳关无故人[3]。

【注释】
[1]诗题又作"渭城曲"或"阳关三叠"。 元二:名字及事迹不详。 安西:指安西都护府,在今新疆库车境内。
[2]渭城:在长安西北。 浥(yì):湿润。
[3]阳关:古关名。故址在今甘肃敦煌西南,与玉门关同是通往西域的要道。因在玉门关南面,故称阳关。

【译文】
　　渭城的清晨细雨湿润地上飞尘,
　　客舍附近的杨柳雨后更加清新。
　　劝你再喝干这一杯送别的酒吧,
　　西出阳关后就很难再遇上故人。

🍀 点 评 🍀

　　这是一首在唐代十分流行、到处传唱的送别诗。前两句写送别的环境：渭城的清晨，一场小雨湿润了地面，空气清新；客舍周围的柳树雨后一片青翠，景色宜人。"客舍"暗示此次送别是客中送客，"柳色新"又暗示离别在即。唐人送别，往往折柳相赠。末两句转写离别筵上最后祝酒的场面：此前告别的酒已喝了不少了，现在再干一杯吧，西出阳关后，就没有老朋友了。叮咛中蕴含着无限深情，由此感染了一代又一代人。

　　人人都有离别的经历，却未必能将别情咏叹得这样悠远隽永、蕴味深沉。

扩展阅读

　　史载，安禄山攻陷洛阳与长安，唐玄宗西逃四川，而王维由于来不及跟随，被安禄山部下俘获。王维于是服下痢药，假装得了哑病。安禄山素来仰慕王维，遂派人将他带到洛阳，安置在菩提寺，迫使他接受官职。有一次安禄山在凝碧宫宴请部下，又让当时的梨园弟子、教坊乐人等奏乐为欢，王维闻说此事后，非常悲愤，写了一首《菩提寺私成口号》道：

　　万户伤心生野烟，百僚何日再朝天？

　　秋槐叶落空宫里，凝碧池头奏管弦。

后来朝廷打败了安禄山，对曾在安禄山手下任职的人分六等定罪。唐肃宗因为看到王维当时的这首诗，而赦免了他的罪责。

九月九日忆山东兄弟①

独在异乡为异客,每逢佳节倍思亲。
遥知兄弟登高处,遍插茱萸少一人②。

【注释】
①九月九日:即重阳节,古人在这一天有登高饮酒、佩戴茱萸以避邪的习俗。 山东:指华山以东地区。王维家此时已迁至蒲州(今山西永济),蒲州在华山以东,故云山东。
②茱萸(zhūyú):一种芳香植物。古人认为佩戴茱萸可以避邪。

【译文】
    一个人在外作他乡之客,
    每逢佳节更加思念亲人。
    遥想兄弟今天都在登高,
    遍插茱萸唯独少我一人。

点 评

　　这首诗是诗人在重阳节为怀念家乡的兄弟而作的。诗人十七岁时便离家到长安,对家乡充满了无尽的思念。据说此诗就是十七岁时所作,是他早年最为人传诵的作品。

　　诗的前两句写自己作客异乡,重阳节思亲时的心情。后两句抛开思念之情不说,而想象兄弟们遍插茱萸,唯独少自己一人的情景,从而更加深刻地衬托出作客的愁苦和思乡的深情。

　　"每逢佳节倍思亲"是一种普遍的人生体验,它的广为传诵,不知惹来古今多少游子思念的眼泪!

扩展阅读

　　重阳节有许多习俗,如饮菊花酒、插茱萸、登高等,据《荆楚岁时记》记载:

> 杜公瞻云:"九月九日宴会,未知起于何代,然自汉至宋未改,今北人亦重此节,佩茱萸,食饵,饮菊花酒,云令人长寿,近代皆设宴于台榭。"

关于这个习俗的由来,《续齐谐记》中记载了一个颇富传奇性的故事:

> 汝南桓景随费长房游学,长房谓之曰:"九月九日,汝南当有大灾厄,急令家人缝囊盛茱萸系臂上,登山饮菊花酒,此祸可消。"景如言,举家登山,夕还,见鸡犬牛羊一时暴死。长房闻之曰:"此可代也。"今世人九日登高饮酒,妇人带茱萸囊,盖始于此。

李白 七首

李白（701—762）：字太白，号青莲居士。祖籍陇西成纪（今甘肃秦安），生于西域中亚碎叶，五岁时随父迁居绵州彰明（今属四川江油）青莲乡。早年在蜀中读书漫游，二十五岁出蜀，任侠访道，交游干谒，漫游全国。天宝元年应诏入京，供奉翰林，因不为权贵所容，两年后便离开长安，又过起了长期的漫游生活。安史之乱中，因参加永王李璘幕府而被流放夜郎，中途遇赦放还。他六十岁时还想参军杀敌，却因病而返，第二年就病死在当涂。李白是我国古代继屈原之后最伟大的浪漫主义诗人，在中国文学史上具有崇高的地位。

宣州谢朓楼饯别校书叔云①

弃我去者昨日之日不可留，
乱我心者今日之日多烦忧。
长风万里送秋雁，对此可以酣高楼②。
蓬莱文章建安骨③，中间小谢又清发④。
俱怀逸兴壮思飞⑤，欲上青天揽明月⑥。
抽刀断水水更流，举杯销愁愁更愁。

人生在世不称意⑦,明朝散发弄扁舟⑧。

【注释】

①宣州:今安徽宣城。　谢朓楼:是南齐诗人谢朓任宣城太守时所建。　饯(jiàn)别:饮酒送别。　校书叔云:李云,李白的族叔,任秘书省校书郎。

②酣:开怀畅饮。

③"蓬莱"句:此句意为李云的文章有建安风骨。东汉学者称东观(朝廷藏书机构)为道家蓬莱山,因为传说蓬莱仙山藏有道家的典籍,因此,唐人多以蓬山、蓬阁指称秘书省。李云是秘书省校书郎,所以用"蓬莱文章"借指李云的诗文。　建安骨:指汉末建安文人刚健清雅的文风。

④小谢:指谢朓。世称谢灵运为大谢,谢朓为小谢。　清发:谓谢朓的诗风清新。

⑤俱怀:两人均怀有。　逸兴:高远的兴致。　壮思:壮志。

⑥揽:摘取。

⑦不称(chèn)意:不如意。

⑧散发:古人束发戴冠,披散头发意味着狂放不羁、隐居不仕。　弄扁(piān)舟:暗示要像范蠡一样驾一叶小船游于江湖之上。

【译文】

弃我去的昨日时光不可挽留,
乱我心的今天的日子多烦忧。
长风万里吹送着秋天的鸿雁,
面对此景正可畅饮酣醉高楼。
蓬莱文章建安风骨令人钦敬,
中间谢朓诗文更加清新秀发。
都怀有飘逸兴致和豪放思想,
真想飞上那青天去揽取明月。
思壮志难酬抽刀断水水更流,
想未来命运举杯销愁愁更愁。
人生在世如果不能称心如意,
不如明朝散发泛舟四海漂流。

点 评

　　此诗是唐玄宗天宝十二载,李白流寓安徽宣城期间为饯别族叔李云所作。此时,诗人已步入晚年,回首自己的一生,竟一事无成,穷困潦倒,精神的苦闷和怀才不遇、有志难伸的痛苦在送别之际一古脑儿倾泻出来,使人不由得被诗中激昂、悲壮的情绪所震撼。

　　诗歌意境开阔,从万里秋雁的壮美景色,写到酣饮高楼的满怀豪情,再写到登天揽月的惊人壮举。接着又用新奇的比喻写出了警拔的一联,"抽刀断水水更流,举杯销愁愁更愁",愈见愤懑的激烈和忧愁的深长。

　　诗人拥有汹涌的神思、开阔的心胸和豪放的性格。能将满腔的苦闷用如此遒劲奔放的诗句吟诵出来的,千古以来,恐怕只有李白一人。

扩展阅读

文征明入私塾读书时,父亲文嘉写了一首《今日歌》挂在他的书斋墙壁上,勉其努力向学。《今日歌》写道:

> 今日复今日,今日何其少。
> 今日又不为,此事何时了。
> 人生百年几今日,今日不为真可惜。
> 若言姑待明朝至,明朝又有明朝事。
> 为君敬诵今日诗,努力请从今日始。

后来,文征明儿子的老师见了这首诗,和了一首《明日歌》,歌曰:

> 明日复明日,明日何其多。
> 明日待明日,万事成蹉跎。
> 世人皆被明日累,明日无穷老将至。
> 晨昏滚滚水东流,古今悠悠日西坠。
> 百年明日复几何,请君听我明日歌。

古人惜时,《今日歌》、《明日歌》两诗尽之矣,今人也当以此自勉。

将进酒①

君不见黄河之水天上来，奔流到海不复回。
君不见高堂明镜悲白发，朝如青丝暮成雪②。
人生得意须尽欢③，莫使金樽空对月④。
天生我材必有用，千金散尽还复来。
烹羊宰牛且为乐，会须一饮三百杯⑤。
岑夫子⑥，丹丘生⑦，将进酒，杯莫停。
与君歌一曲，请君为我倾耳听。
钟鼓馔玉何足贵⑧，但愿长醉不愿醒。
古来圣贤皆寂寞⑨，唯有饮者留其名。
陈王昔时宴平乐⑩，斗酒十千恣欢谑⑪。
主人何为言少钱，径须沽取对君酌⑫。
五花马⑬，千金裘⑭，呼儿将出换美酒⑮，
与尔同销万古愁⑯。

【注释】

①将（qiāng）进酒：乐府旧题，属《鼓吹曲·汉铙歌》，内容多写宴饮游乐。将，请。

②高堂：高大的厅堂。　青丝：乌黑的头发。

③得意：适意、舒心。

④金樽：华贵的酒杯。

⑤会须：应当。

⑥岑夫子：岑勋，南阳人。

⑦丹丘生：元丹丘，隐士。两位均是与作者饮酒的朋友。

⑧钟鼓馔（zhuàn）玉：代指富贵人家的生活。钟鼓，指饮宴时奏乐。馔玉，吃精美的饮食。

⑨寂寞：指默默无闻。

⑩陈王：陈思王曹植。　平乐：即东汉洛阳的平乐观，是我国最早的宫廷剧场。

⑪斗酒十千：形容美酒价值昂贵。　恣欢谑：尽情欢笑、嬉戏。

⑫径须：只管。　沽：买。

⑬五花马：名贵的马。唐代富贵人家常把马鬃剪成三瓣或五瓣的花形，称三花马或五花马。

⑭千金裘：价值千金的皮衣。

⑮将出：拿出来。

⑯万古愁：极言愁深。

【译文】

君不见黄河之水犹如天上来，
波涛滚滚奔向海洋不再回还。
君不见面对高堂明镜悲白发，
早上还如青丝晚上却已雪白。
人生得意时就应该尽情欢乐，
不要让华美的酒杯空对明月。

天生我们一定会有用武之地,
千金全部散去了也还会再来。
烹羊宰牛暂且快乐快乐,
正应当一饮就喝三百杯。
岑夫子,丹丘生,
请快快喝酒呀,杯不要停。
我为你们唱上一曲,
请你们为我侧耳倾听。
钟鸣鼎食不觉得珍贵,
只想长醉不愿意清醒。
古来圣贤都默默无闻,
只有饮酒豪客留美名。
陈王昔日会宴平乐观,
痛饮美酒纵情地欢乐。
主人为什么要说钱少,
只管去买酒来一起喝。
五花良马,千金狐裘,
快叫孩子拿去换美酒,
与你们同销万古忧愁。

点 评

　　李白真不愧是酒中诗仙,一篇古乐府的劝酒歌被他写得慷慨激昂,酣畅淋漓。诗中充斥的是人生短促、及时行乐的情绪,在强烈的自信中蕴含的是怀才不遇的苦闷和政治失意的牢骚。诗人尽管慨叹人生短暂,强调要及时行乐,却不给人消极颓废之感,其主旨是充满激情和昂扬向上的。

　　"天生我材必有用,千金散尽还复来"是诗中的名句,它是诗人对自己才能理想的充分自信,也是他豪放不羁、卓尔不群的个性的反映。诗歌塑造了一个蔑视功名利禄、自信慷慨、豪放洒脱的诗人形象。

　　此诗大约作于天宝十一载,李白在嵩山友人处作客,饮酒席间,诗兴大发,遂作此诗。其中尚有一有趣的细节不妨说说:诗人酒高兴起,竟埋怨主人"言少钱",而要求典裘当马换取美酒,喝个一醉方休。此时他颐指气使,口气甚大,竟忘了自己是客人,这种快人快语、不拘形迹的任诞言行,令人忍俊不禁。

　　李白是千古无双的大诗人,在他的身上用多少溢美之辞都不为过。

扩展阅读

　　李白嗜酒,与贺知章、李适之、李琎、崔宗之、苏晋、张旭和焦遂称"饮酒八仙人",杜甫作《饮中八仙歌》以咏之。诗曰:

知章骑马似乘船,眼花落井水底眠。
汝阳三斗始朝天,道逢曲车口流涎,
恨不移封向酒泉。左相日兴费万钱,
饮如长鲸吸百川,衔杯乐圣称避贤。
宗之潇洒美少年,举觞白眼望青天,
皎如玉树临风前。苏晋长斋绣佛前,
醉中往往爱逃禅。李白一斗诗百篇,
长安市上酒家眠。天子呼来不上船,
自称臣是酒中仙。张旭三杯草圣传,
脱帽露顶王公前,挥毫落纸如云烟。
焦遂五斗方卓然,高谈雄辩惊四筵。

其中对李白的描写落墨最多,所谓"酒中仙"者也。李白自己也曾说:"百年三万六千日,一日须倾三百杯。"(《襄阳歌》)

关山月①

明月出天山②,苍茫云海间。
长风几万里,吹度玉门关③。
汉下白登道④,胡窥青海湾⑤。
由来征战地⑥,不见有人还。
戍客望边邑⑦,思归多苦颜。
高楼当此夜⑧,叹息未应闲⑨。

【注释】

①关山月:乐府旧题,属《横吹曲辞》,内容多写征戍与离别。
②天山:即甘肃境内的祁连山。
③玉门关:在今甘肃敦煌西北,是通达西域的要塞。
④下:出兵。 白登:山名,在今山西大同东。刘邦曾率兵在此抵御匈奴,中计被困七天七夜。
⑤胡:此处指吐蕃。 青海湾:即现在的青海湖。
⑥由来:从来。
⑦戍客:戍守边疆的战士。
⑧高楼:指在高楼中的远征边塞将士的妻子。
⑨闲:停止。

李白七首

【译文】

明月从天山那边冉冉升起，
在苍茫的云海间时隐时现。
长风浩浩荡荡吹送几万里，
伴着月色一直吹过玉门关。
汉高祖率兵被困在白登山，
胡人总是伺机侵扰青海湾。
从来这里就是征战的疆场，
无数的将士出征不得回还。
守疆战士远望荒凉的边邑，
思乡盼归个个都愁眉苦脸。
遥想今夜站在楼上的妻子，
叹息的声音定是不会停止。

点 评

诗写远戍玉门关外的士卒在月夜里对妻子的热切思念，谴责永无休止的民族战争给无数征夫和思妇所带来的深重苦难。

"明月出天山，苍茫云海间。长风几万里，吹度玉门关。"展现的是极其辽阔苍茫的万里边塞图，只有如李白这样有浩渺胸襟的人才能毫不费力地描画出它的磅礴与壮观。

诗人在一俯一仰之间，阅尽了古今戍客思归、闺妇望月的愁苦，充溢着对他们强烈的同情。

扩展阅读

西汉与匈奴和亲事，最早在汉高祖刘邦时，也即是白登山之围后。据《汉书·匈奴传》记载：

匈奴大攻围马邑，韩信降匈奴。匈奴得信，因引兵南踰句注，攻太原，至晋阳下。高帝自将兵往击之，会冬大寒雨雪，卒之堕指者十二三，于是冒顿阳败走，诱汉兵。汉兵逐击冒顿……高帝先至平城，步兵未尽到，冒顿纵精兵三十余万骑，围高帝于白登，七日，汉兵中外不得相救饷。……高帝乃使使间厚遗阏氏……（冒顿）取阏氏之言，乃开围一角，于是高皇帝令士皆持满傅矢外乡，从解角直出，得与大军合，而冒顿遂引兵去。

为示谢意，高帝派刘敬与崁氏结和亲，此后和亲遂成为中国历史上汉民族与少数民族间保持和平往来的重要途径。

渡荆门送别①

渡远荆门外②,来从楚国游③。
山随平野尽,江入大荒流④。
月下飞天镜⑤,云生结海楼⑥。
仍怜故乡水⑦,万里送行舟。

【注释】
①荆门:山名,在今湖北宜都。
②渡远:乘船远行。
③楚国:相当于今湖北一带。
④大荒:辽阔无边的原野。
⑤"月下"句:此句意为月亮映入水中,好像从天空飞来的一面镜子。
⑥海楼:指海市蜃楼的幻景。
⑦怜:爱。 故乡水:李白自小生活在四川,所以把从那里流来的江水称为故乡水。

【译文】

出蜀过三峡远渡到荆门山外,
来到古时的楚地尽情地游玩。

山势随着平原伸展逐渐消失，
江水在辽阔的原野滔滔奔流。
江中月影像天空飞落的明镜，
云气蒸腾生成海市蜃楼美景。
我始终爱怜故乡美丽的江水，
它也恋恋不舍万里送我行船。

点评

这首诗是李白二十五岁时由三峡出蜀，沿江东下途中所作。诗人以雄奇飘逸的笔触，描绘了长江水经过荆门，流入平原的开阔壮丽的景象。这是李白首次出游，满怀着一腔雄心壮志，喜悦之情溢于言表。然而青年离家，难免会有一丝依依不舍的思恋，却也掩饰不住倜傥不群的心情，阻挡不住追求理想的脚步。

扩展阅读

李白于玄宗天宝初，入宫为翰林供奉，但由于天性狂傲，不为玄宗亲近之人喜欢，诏令还山。遂浪迹天下，以诗酒自快。据《唐才子传》记载：

（李）白浮游四方，欲登华山，乘醉跨驴，经县治，宰不知，怒引至庭下，曰："汝何人？敢无礼！"白供状不书姓名，曰："曾令龙巾拭吐，御手调羹，贵妃捧砚，力士脱靴。天子门前，尚容走马；华阴县里，不得骑驴？"宰惊愧，拜谢曰："不知翰林至此。"白长笑而去。李白之豪气盖如此。

独坐敬亭山①

众鸟高飞尽,孤云独去闲②。
相看两不厌③,只有敬亭山。

【注释】
①敬亭山:在今安徽宣城北。
②独去闲:独自悠闲地飘远。
③厌:满足。

【译文】
一群群的鸟儿都已经高飞远走,
一片白云也悠闲地飘去无影踪。
我和你久久地凝视看也看不够,
只有孤独地站在对面的敬亭山。

点评

　　这首诗是李白离开长安后,经过十年漫游来到宣城时所作。长期的漂泊,使他饱尝了世态炎凉的滋味。生活的孤独寂寞、理想的难以实现都郁结在心中,因此,这段时间,他写了大量游仙、饮酒和寄情山水的诗歌以排遣心中的苦闷。

此诗便是李白将感情寄托于山水的名作。诗中，他赋予了山和云以人的情感。天上的鸟儿都高飞远去了，连仅有的一片孤云也不肯稍作停留，悠闲地飘走了，山中只剩下诗人孤独寂寞的身影。但是有敬亭山、也只有敬亭山在深情脉脉地看着自己，人无情而山有情，诗人在敬亭山的怀抱里找到了安慰，有一种"人生得一知己足矣"的满足感。

"相看两不厌，只有敬亭山"，细细咀嚼这一句，你会品味出千百种滋味。宋代大词人辛弃疾有一首《贺新郎》词，其中"我见青山多妩媚，料青山，见我应如是。情与貌，略相似"，就是从李白的这句诗化用而来。据说"秦淮八艳"之首的柳如是的名字即来自这首《贺新郎》。

扩展阅读

南朝大诗人谢朓曾为宣城太守，而敬亭山在宣城，谢朓常来此游玩，亦赋诗多首。兹录其《游敬亭山》诗于下：

兹山亘百里，合沓与云齐。
隐沦既已托，灵异居然　。
上干蔽白日，下属带回溪。
交藤荒且蔓，　枝耸复低。
独鹤方朝唳，饥鼯此夜啼。
滞云已漫漫，夕雨亦凄凄。
我行虽纡组，兼得寻幽蹊。
缘源殊未极，归径　如迷。
要欲追奇趣，即此凌丹梯。
皇恩竟已矣，兹理庶无睽。

与李白诗相较，则是后出转精。

早发白帝城①

朝辞白帝彩云间,千里江陵一日还②。
两岸猿声啼不住③,轻舟已过万重山。

【注释】
①白帝城:在今四川奉节东的白帝山上。山势高峻,远望如在云中。
②江陵:今湖北江陵。据旧说,白帝城距江陵1200里。一日还:一天就可到达,极言船速之快。
③啼不住:指猿啼此起彼落,连续不断。

【译文】
早晨我辞别了笼罩在彩云间的白帝城,
千里之外的江陵只用一天时间便到达。
旅途中两岸猿猴的啼叫声是此起彼伏,
我这艘轻快的船已经掠过万重青山了。

点 评

唐肃宗乾元二年,李白被流放夜郎,行至白帝城遇赦,乘舟返回。事情起因于天宝十五载,玄宗第十六子永王李璘率军东下广陵,途经九江,当时李白正隐居庐山,激于爱国热情,便应邀参加了李璘的幕府。次年李璘即被杀,李白也因此获罪,流放夜郎。此诗就作于放归途中。

诗歌通过描写江中船行之轻快,表现了李白获释东归后欢快、喜悦的心情。两岸的景物与江中的快舟融为一体,使人如见其景,如闻其声。杨慎曾评价此诗是"惊风雨而泣鬼神"之作。

扩展阅读

白帝城,原名鱼复。传说公孙述到鱼复时,有白龙从井中跃出,公孙述于是自以为上承汉朝之运,自立为帝,号曰白帝,又改鱼复为白帝城。其距江陵有1200里路,但水路往还极便利。据《水经注》记载:

  自三峡七百里中,两岸连山,略无阙处,重岩叠嶂,隐天蔽日,自非亭午夜分,不见曦月。至于夏水襄陵,沿溯阻绝。或王命急宣,有时朝发白帝,暮到江陵,其间千二百里,虽乘奔御风,不以疾也。……每至晴初霜旦,林寒涧肃,常有高猿长啸,属引凄异,空谷传响,哀 久绝,故渔者歌曰:"巴东三峡巫峡长,猿鸣三声泪沾裳。"

这段文字与李白此诗对照阅读,体会更深。

黄鹤楼送孟浩然之广陵①

故人西辞黄鹤楼②,烟花三月下扬州③。
孤帆远影碧空尽,惟见长江天际流④。

【注释】
①之:往、到。 广陵:今江苏扬州。
②故人:老朋友。
③烟花:春天绚丽的景色。
④"孤帆"二句:此二句写依依惜别之情。

【译文】
　　　　老朋友辞别黄鹤楼自西东行,
　　　　在春花绚丽的三月去往扬州。
　　　　望着你孤独的风帆隐没天际,
　　　　只有长江水依旧向天边流去。

点 评

李白在开元十三年离家远游,曾来到江夏(今湖北武昌),结识了诗人孟浩然,两人成为挚友。此时,孟浩然正要离开江夏东游扬州,李白在黄鹤楼为他送行,写下了这首著名的送别诗。

首句点明送别之人和送别之地。刚刚结识了新朋友就面临分别,透露出诗人惋惜和依依不舍的情意。次句交代送别的时间和朋友远游之地。扬州是当时著名的繁华都市,三月又是一个春光烂漫的季节,扬州该是一个怎样美丽的所在呀!这里面暗含着对朋友的羡慕。此诗最为精妙的还是后两句。目送故人的船只远去,直至连帆都看不见了,诗人还长久地伫立江边、翘首凝望,像一座雕像,脸上挂着惆怅和落寞。

细细体味全诗,你会感到一种既浪漫又感伤的情绪在心中弥散开来。

扩展阅读

唐时扬州之盛,天下第一。宋人洪迈在《容斋随笔》中专门有"唐扬州之盛"一条,写道:

> 唐世盐铁转运使在扬州,尽斡利权,判官多至数十人,商贾如织,故谚称"扬一益二",谓天下之盛,扬为一而蜀次之也。杜牧之有"春风十里"、"珠帘"之句,张祜诗云:"十里长街市井连,月明桥上看神仙。人生只合扬州死,禅智山光好墓田。"王建诗云:"夜市千灯照碧云,高楼红袖客纷纷。如今不似时平日,犹自笙歌彻晓闻。"徐凝诗云:"天下三分明月夜,二分无赖是扬州。"其盛可知矣。

洪迈引唐诗来追忆当时繁华,确实令人向往,另据《古今事文类聚》引《小说》曰:

> 有客相从,各言所志。或愿为扬州刺史,或愿多赀财,或愿骑鹤上升,其一人曰:"腰缠十万贯,骑鹤上扬州。"欲兼三者。

可见,唐代的扬州是一个人人向往的繁华所在,是人间天堂,是人们的理想之地。

高适 一首

高适（约700—765）：字达夫，渤海蓨（今河北景县）人。早岁家贫，屡试不第。与王之涣、王昌龄、张旭等交游，后又与李白、杜甫共游梁、宋之间。天宝八载（749），举有道科及第，官终左散骑常侍，人称高常侍。他是唐代边塞诗派的代表作家，与岑参齐名，世称"高岑"。其《燕歌行》最为脍炙人口。

别董大①

千里黄云白日曛②，北风吹雁雪纷纷。
莫愁前路无知己，天下谁人不识君？

【注释】
①董大：董令望，生平不详。大，排行老大。
②曛：太阳西沉时的昏黄景色。

【译文】

夕阳的余晖染黄了边塞千里的云层,
北风呼号大雪飘扬群雁在奋力飞翔。
不要担心前方旅途没有知心的朋友,
凭你的才华天下又有谁不认识你呢?

点评

　　这是一首送别诗，敦煌唐人写本题作《送董令望》，可见后人推测董大为当时著名的琴师董庭兰，是错误的。这首送别诗在高适的笔下没有表现一般人通常有的那种伤心的情感，而是激昂慷慨、鼓舞人心。前两句"千里黄云白日曛，北风吹雁雪纷纷"直接写出了眼前所看到的景色：落日黄云、旷野苍茫、大雪纷飞、群雁南归。这景色本身就烘托出一种离别时自然产生的哀愁，为送别朋友的场面增添了一种悲壮的气氛。后两句"莫愁前路无知己，天下谁人不识君"则用了与前文绝然不同的开朗乐观的语气，鼓舞董大面对前途的信心。这种自信、互勉体现了朋友间真挚的友情，是送别诗中杰出的作品。

扩展阅读

　　高适曾写过两首《别董大》，另一首为：
　　　　六翮飘摇私自怜，一离京洛十余年。
　　　　丈夫贫贱应未足，今日相逢无酒钱。
高适早年闲散困顿，近五十岁时才中第，这两首《别董大》都是他早期不得意时所作。

　　高适与李白、杜甫相交，曾于汴州共登吹台。杜甫晚年作《遣怀》诗追忆此事，诗中写道："昔我游宋中，惟梁孝王都。名今陈留亚，剧则贝魏俱。邑中九万家，高栋照通衢。……忆与高、李辈，论交入酒垆。两公壮藻思，得我色敷腴。气酣登吹台，怀古视平芜。芒砀云一去，雁鹜空相呼。"

　　古人每每于酒酣之际，携三五好友，登临赋诗，这不仅成为当时文坛的盛事，更为后人留下了许多精彩的诗篇。

常建 一首

常建（生卒年不详）：长安（今陕西西安）人。开元十五年（727）中进士，他仕途失意，在山水间过着漫游生活。他的诗以山水田园为题材，诗风与王维、孟浩然接近。

题破山寺后禅院①

清晨入古寺，初日照高林。
曲径通幽处，禅房花木深②。
山光悦鸟性，潭影空人心③。
万籁此皆寂④，惟闻钟磬音。

【注释】

① 破山寺：即兴福寺，在今江苏常熟虞山北麓。原为南齐倪德光住宅，后改为寺院。
② 禅房：僧人住处。
③ 空人心：使人心中的杂念消除净尽。
④ 万籁：自然界的一切声响。

【译文】

清晨登山来到破山寺院,
旭日初升照耀山上树林。
曲折小径通往幽静去处,
禅房隐在深深花木丛中。

山色风光使鸟儿更欢悦,
空明潭影使人心无杂念。
此时万事万物归于静寂,
只听到敲钟击磬的声音。

点评

这首诗写的是清晨佛寺禅院的幽静,却带着禅意,抒发了寄情于山水的隐逸情怀。诗人清晨进入破山寺,旭日初升,光芒照耀着山上的树林。穿过寺中曲折的小路,发现了掩映在花木深处的禅房。如此美妙的山色风光令鸟儿欢鸣,清清的水潭将人心中的尘世杂念顿时涤除。这时,好像世界上所有的声响都归于沉寂,只有悠扬的钟磬之音在山中回荡,使人心生对禅境绝世生活的向往。常建仕途不得志,将情怀寄托于山水,因而能写出这样闲雅清警的作品。其中"曲径通幽处,禅房花木深"两句,最为后人称道。

扩展阅读

破山寺是南齐郴州刺史倪德光施舍了自己的宅园而后改建的,到唐朝时,它已成为了古寺。常建的这首诗得到了很多人的喜爱,自唐代以来就备受赞赏,《苕溪渔隐丛话》中说:

> 丹阳殷璠撰《河岳英灵集》,首列常建诗,爱其"山光悦鸟性,潭影空人心"之句,以为警策。欧公又爱建"竹径通幽处,禅房花木深",欲效建作数语,竟不能得,以为恨。予谓建此诗,全篇皆工,不独此两联而已。

《诗话总龟》中记载了欧阳修的原话:

> 吾尝爱常建"曲径通幽处,禅房花木深",欲效其语作一联,久不可得,始知造意者为难工也。来青州,始得山斋,不意平生想见而不得道以言者,乃为已有,于

是益欲希其髣髴，竟尔莫获一言。

幸亏欧阳修未效一联，不然，如果所作之诗不及常建的工整，定要被后人笑话了。梁朝诗人王籍在《入若耶溪》中有"蝉噪林逾静，鸟鸣山更幽"两句，后来王安石仿此写道："茅檐相对坐终日，一鸟不鸣山更幽。"其意境相去悬殊，遂为后人诟病。

崔颢 一首

崔颢（约704—754）：汴州（今河南开封）人。开元十一年（723）中进士，以才名著称。他为人放荡不羁，好饮酒赌博。少时所做男女情歌，浮艳而轻薄，后游历山川，从军边塞，风格遂变。

黄鹤楼①

昔人已乘黄鹤去②，此地空余黄鹤楼。
黄鹤一去不复返，白云千载空悠悠。
晴川历历汉阳树③，芳草萋萋鹦鹉洲④。
日暮乡关何处是⑤？烟波江上使人愁。

【注释】

① 黄鹤楼：旧址在今湖北武昌西蛇山黄鹤矶上，俯瞰长江。
② 昔人：指传说中的仙人王子安。相传他尝乘黄鹤过此，故矶、楼皆以黄鹤为名。
③ 历历：分明的样子。 汉阳：地名，在武昌西北，与黄鹤楼隔江相望。
④ 萋萋：草茂盛的样子。 鹦鹉洲：唐时在汉阳西南长江中的小沙洲，后来渐被江水淹没。相传是东汉末年黄祖杀祢衡处，祢衡曾作《鹦鹉赋》，洲因此得名。
⑤ 乡关：故乡。

【译文】

昔日的仙人已乘着黄鹤飞去，
此地只留下空荡荡的黄鹤楼。
黄鹤飞去了就再也没有回来，
千百年来唯有白云飘飘悠悠。
阳光下汉阳的树木清晰可辨，
更能看到芳草茂盛的鹦鹉洲。
天色黄昏哪里才是我的故乡？
烟雾迷茫的江面使人添忧愁。

点 评

这首诗是崔颢的名作，也是一篇"千古擅名"的览胜之作。后人有"祢衡洲上千年恨，崔颢楼头一首诗"的赞誉之词。严羽的《沧浪诗话》推其为唐人七律压卷之作。

诗的前两联首言昔人已乘黄鹤飞去，江夏之地空遗其楼，以传后世。自古及今，黄鹤不返，白云空在。这里写出了楼名的来历，从神话传说写到现实感受，流露出不得与古人相见的寂寞空落之感，一种空空荡荡的气氛在诗中弥漫开来。后两联写登楼所见。晴川远树，芳草沙洲，历历在目。诗人由萋萋芳草想到了远游的王孙，又由鹦鹉洲想到被杀的祢衡，使登楼所触发的身世之慨和思乡之情得到了深化。最后一联直抒胸臆，表达出吊古伤今、怀乡思亲的愁情。

相传李白也曾想在黄鹤楼题诗，因见崔颢此诗便叹息道："眼前有景道不得，崔颢题诗在上头。"能让大诗人李白搁笔叹息的，千载能有几人？

扩展阅读

清代的金圣叹在《贯华堂选批唐才子诗》卷三中对崔颢的《黄鹤楼》有这样一段批注：

> 通解细寻，他何曾是作诗，直是直上直下放眼恣看，看此道理却是如此，于是立起身，提笔濡墨，前向楼头白粉壁上，恣意大书一行。既已书毕，亦便自看，并不解其好之与否，单只觉得修已不须修，补已不须补，添已不可添，减已不可减，于是满心满意，即便留却去休回，实不料后来有人看见，已更不能跳出其笼罩也。且后人之不能跳出，亦只是修补减添俱用不着，于是便复袖手而去，非谓其有字法、句法、章法，都被占尽，遂更不能争夺也。

金圣叹颇富想象力，能将九百多年前崔颢题诗的情景描绘得如此真切。他认为这首诗是空前绝后的，模仿不得，修改不得，无法超越。但相传李白也很欣赏崔颢这首诗，模仿此诗，作了一首《登金陵凤凰台》：

> 凤凰台上凤凰游，凤去台空江自流。
> 吴宫花草埋幽径，晋代衣冠成古丘。
> 三山半落青天外，二水中分白鹭洲。
> 总为浮云能蔽日，长安不见使人愁。

这也是一首脍炙人口的诗，谁胜谁负，只能仁者见仁，智者见智了。

杜甫 六首

杜甫（712—770）：字子美，原籍襄阳（今湖北襄阳），曾祖时迁居巩县（今河南巩义）。开元二十三年（735）举进士落第，漫游齐赵，安史之乱中，困居长安。肃宗乾元二年入蜀，在成都浣花溪畔营建草堂。之后，又做过几任小官，生活始终一贫如洗，衣食常常依赖亲戚朋友的接济。大历三年（768）出峡，漂泊江湖，两年后，病死在湘水舟中。杜甫长期生活困苦，因此能够深切理解和同情人民的苦难，写下了大量忧国忧民、抨击时弊的优秀篇章，他的诗也被后人誉为"诗史"。他与李白并称"李杜"，分别代表唐朝诗歌的两个高峰，对后世产生了极为深远的影响。

望岳①

岱宗夫如何②，齐鲁青未了③。
造化钟神秀④，阴阳割昏晓⑤。
荡胸生层云⑥，决眦入归鸟⑦。
会当凌绝顶⑧，一览众山小。

【注释】

①岳：这里指东岳泰山。在今山东泰安。
②岱宗：泰山的别称。
③齐鲁：春秋战国时的两个诸侯国。齐在泰山北，鲁在泰山南。　青未了：谓泰山绵远广大，青翠之色延绵不断。
④造化：大自然。　钟：聚集。　神秀：神奇秀美。
⑤阴阳：山南为阳，山北为阴。　割昏晓：划分白昼与黑夜。
⑥荡胸：涤荡心胸。　生层云：层云叠生。
⑦决眦：睁裂眼眶。眦，眼眶。这两句是说山中层云叠生，可以涤荡心胸，睁大眼睛远望，才能看到飞鸟归入泰山。
⑧会当：终将，定当。　凌：登。　绝顶：顶峰。

【译文】

五岳之首的泰山是何等景象，
苍翠峰峦从齐到鲁连绵不绝。
大自然将神奇和秀美赋予它，
山峰高耸山南山北明暗不同。
叠生的云雾涤荡着人的胸怀，
瞪大眼睛才看到归巢的飞鸟。
终有一天我要登上泰山顶峰，
俯视群山都会觉得低矮渺小。

点 评

　　此诗是杜甫于开元二十五年去探视在兖州任司马的父亲并漫游齐鲁大地时所作。诗人并未亲登泰山,全诗都从"望"字落笔,描写了泰山既雄伟又秀美的万千景象,表现出对泰山的高度赞美和无限景仰,同时诗人对祖国大好河山的热爱和对前途充满信心的情怀也尽寓其中。

　　诗中"会当凌绝顶,一览众山小"最具有启发性和象征意义,抒写了诗人不甘平庸、敢于攀登绝顶、俯视一切的雄心和气概。诗中洋溢着青年杜甫蓬勃的朝气,给人一种鼓舞力量,千百年来为人们所传诵。

扩展阅读

　　杜甫年轻时也是志存高远,看其诗中"会当凌绝顶,一览众山小"便知。此句典出《孟子·尽心上》:

> 孟子曰:孔子登东山而小鲁,登泰山而小天下。故观于海者难为水,游于圣人之门者难为言。……流水之为物也,不盈科不行;君子之志于道也,不成章不达。

所谓"不成章不达",就是说君子必须学有所成才去考功名、入仕途。但杜甫去长安参加科举考试,名落孙山,之后一直过着寄人篱下的生活,终至贫困而死,一生报负未能施展,可悲可叹。

春日忆李白

白也诗无敌,飘然思不群①。
清新庾开府②,俊逸鲍参军③。
渭北春天树,江东日暮云④。
何时一樽酒⑤,重与细论文。

【注释】
①"白也"二句:这两句是说李白的诗飘逸超群,无人可比。
②庾开府:指北朝诗人庾信。
③鲍参军:指南朝诗人鲍照。
④"渭北"二句:当时杜甫在长安,李白正漫游江南,故云"渭北"、"江东"。
⑤樽:酒杯。

杜甫六首

【译文】

李白的诗作真是无人能敌,
他飘逸的才思无人可相比。
诗中清新的风格像庾开府,
而俊逸脱俗就如同鲍参军。
我在渭北独对着春天绿树,
你在江东远望着日暮薄云。
你我何时才能够同桌共饮,
再与你细细探讨评说诗文。

点 评

　　这首诗是天宝五载或六载春,杜甫在长安所作。杜甫对李白的怀念包含着热烈的赞美。首句就称赞他的诗冠绝当代,无人可比,而正是这种出尘拔俗、卓而不群的个性成就了他"无敌"的诗思。接着又赞美李白的诗像庾信那样清新,像鲍照那样俊逸,热情洋溢地表达了对李白诗歌的喜爱和钦佩。"渭北春天树,江东日暮云"两句历来最为人们所称道。此时,杜甫在渭北思念着江东的李白,而李白也正在江东思念杜甫。两人都有无限的情思,然而表现形式却各不相同:杜甫正如伫立凝望的"春天树",而李白却是飘忽不定的日暮云。遥远的地域之隔惹起无尽的思念,于是在诗的最后,杜甫吟出了心中的强烈愿望:希望还能再次欢聚,像过去一样把酒论诗。

　　李白和杜甫是唐代诗歌的两座巅峰,这两个诗歌王国里的巨人能够相遇、相知,真是一件千古幸事。

扩展阅读

杜甫、李白交好，两人往还思念之诗，留传至今者不多，其中杜甫赠送或怀念李白的共有十一首，《春日忆李白》即其中之一，而其余几首也写得很好，特录《赠李白》一首：

秋来相顾尚飘蓬，未就丹砂愧葛洪。

痛饮狂歌空度日，飞扬跋扈为谁雄。

气势很宽阔。而李白赠别杜甫诗仅存二首，其中《戏赠杜甫》一诗颇具调侃，诗曰：

饭颗山前逢杜甫，头戴笠子日卓午。

借问别来太瘦生，总为从前作诗苦。

"太瘦生"之"生"为唐朝人语，是语气词，无实意。而后人便以"太瘦生"为作诗苦吟的典故。

春望

国破山河在①,城春草木深②。
感时花溅泪③,恨别鸟惊心。
烽火连三月④,家书抵万金⑤。
白头搔更短⑥,浑欲不胜簪⑦。

【注释】
①国破:指国都长安陷落。 山河在:是说旧日的河山依然存在。
②城:指长安城。 草木深:草木丛生,暗含人烟稀少之意。
③感时:感伤时事。
④烽火:指战火。 连三月:极言时间之长。
⑤家书:家信。 抵:值。
⑥短:稀疏。
⑦浑欲:几乎,简直。 不胜簪:连簪子也插不住了。

杜甫六首

【译文】

国都长安陷落但山河依然如故,
京城的春天杂草丛生人烟稀少。
感叹时事看到花开也使人落泪,
怨恨离别听到鸟鸣也觉得惊心。
战争的烽火持续不断月复一月,
接到一封家书抵得上万两黄金。
头上本已稀疏的白发越搔越少,
简直就不能插住绾发的细簪子。

点 评

  唐玄宗天宝十四载冬天,安史之乱爆发,十五载六月,长安城沦陷,七月,肃宗李亨在灵武即位。杜甫把家眷安顿在鄜州,只身北上投奔肃宗,不料途中被叛军俘获,掳至已经陷落的长安,这首诗就是至德二载春天困囚长安时所作。

  开篇即写春望所见:山河尚在而国都残破,春天来临了,但草木丛生,一片荒凉。"感时花溅泪,恨别鸟惊心"是由"望"而"感",一感时局艰危,人、花共溅伤心之泪;二感别家恨情,人鸟共惊悬念之心。这种移情于物的手法,达到了万物同悲的艺术效果。接着写忧国思家的情怀,"家书抵万金"写出了战乱中人们的共同感受。最后以白发越来越稀疏,几乎"不胜簪"作结,更加重了悲哀之情。

扩展阅读

《诗经·王风·黍离》是一首周朝大夫凭吊故国的诗,诗写都城残破,长满了庄稼,再不是原来的繁华之地,心中不胜感慨和悲哀,原诗如下:

> 彼黍离离,彼稷之苗。行迈靡靡,中心摇摇。知我者谓我心忧,不知我者谓我何求。悠悠苍天,此何人哉?
>
> 彼黍离离,彼稷之穗。行迈靡靡,中心如醉。知我者谓我心忧,不知我者谓我何求。悠悠苍天,此何人哉?
>
> 彼黍离离,彼稷之实。行迈靡靡,中心如噎。知我者谓我心忧,不知我者谓我何求。悠悠苍天,此何人哉?

后来称怀故国之情为"黍离之悲"。南宋著名词人姜夔写过一首《扬州慢》,也是抒发今昔之感的。词前有一小序,交代写作缘起:

> 淳熙丙申至日,余过维扬。夜雪初霁,荠麦弥望。入其城则四顾萧条,寒水自碧,暮色渐起,戍角悲吟;余怀怆然,感慨今昔,因自度此曲。千岩老人以为有黍离之悲也。
>
> 淮左名都,竹西佳处,解鞍少驻初程。过春风十里,尽荠麦青青。自胡马窥江去后,废池乔木,犹厌言兵。渐黄昏,清角吹寒,都在空城。 杜郎俊赏,算而今、重到须惊。纵豆蔻词工,青楼梦好,难赋深情。二十四桥仍在,波心荡,冷月无声。念桥边红药,年年知为谁生?

以上这两首诗词与杜甫的这首《春望》有异曲同工之妙,虽然所怀的故国并非一地,但这种凄凉、感伤的心情却是一致的。

春夜喜雨

好雨知时节①,当春乃发生②。
随风潜入夜③,润物细无声。
野径云俱黑④,江船火独明。
晓看红湿处⑤,花重锦官城⑥。

【注释】
①好雨:及时的春雨。
②当春:当春天需要雨之时。 乃:就。 发生:发育万物。
　这两句意为,好雨似知人情,正当春天需要雨的时候降下。
③潜入夜:春雨在夜里悄悄降临。
④野径:田间的道路。
⑤红湿:春花着雨而湿。
⑥花重:花因饱含雨水而沉重。 锦官城:指成都。

【译文】

好雨似乎懂得季节的变化,
当春天来临就会洒向人间。
伴随春风悄悄在夜里飘落,
无声无息地滋润天下万物。
田野小路和乌云一片漆黑,
只有江上渔船的灯火明亮。
天亮再看雨水淋湿的花丛,
花朵沉甸甸装点着锦官城。

点 评

肃宗上元二年,杜甫在成都郊外营建草堂,终于过上了一种比较安定的生活。此诗就写于这一时期。

诗歌紧紧围绕春雨的"好"和自己的"喜"来写,赞美春雨知时节、懂人情,在夜晚悄悄降下,细细地滋润万物。"野径云俱黑,江船火独明"用对比的手法暗示雨水多。最后诗人以想象来描写天明雨后的情景,喜雨之情跃然纸上。

扩展阅读

成都古为蜀国,所以以"蜀"代指成都。而蜀地之锦擅名天下,当时有"锦官"一职,有负责蜀地织锦事务的官署,故又以"锦官"名其城,称"锦官城",又简称"锦官"、"锦城",后世遂用作成都的别名了。

成都又名"芙蓉城",据何宇度《益部谈资》卷中记载:

> 锦城又名芙蓉城,昔蜀孟昶僭拟宫苑,城上尽种芙蓉,谓左右曰:"真锦城也。"后世因之,亦种芙蓉于上。

成都历史悠久,又曾有政权建都于此,地名也多有来历,为后人凭吊提供了丰富的源头。

闻官军收河南河北

剑外忽传收蓟北①,初闻涕泪满衣裳。
却看妻子愁何在②,漫卷诗书喜欲狂③。
白日放歌须纵酒④,青春作伴好还乡⑤。
即从巴峡穿巫峡⑥,便下襄阳向洛阳。

【注释】
①剑外:剑门关以南的地方,此处实指四川。 蓟北:唐代幽州、蓟州一带,即今河北北部,当时是安史叛军的根据地。
②却看:回头看。
③漫卷:胡乱地将书收卷起来。
④放歌:放声高歌。 纵酒:开怀畅饮。
⑤青春:明媚的春天。
⑥即:即刻。 巴峡:长江自巫山入巴东为巴峡。 巫峡:长江三峡之一,在今四川巫山。

【译文】

剑外忽传收复蓟北的消息,
刚一听到眼泪湿满了衣裳。
回头看妻子哪里还有忧愁,
胡乱卷起诗书高兴得发狂。
白日我放声歌唱纵情饮酒,
明媚春光跟我作伴回故乡。
即刻出发从巴峡穿过巫峡,
顺流直下转过襄阳奔洛阳。

点 评

唐代宗广德元年，唐朝军队相继收复了河南河北等地，安史之乱基本平定。此时，杜甫正寄居梓州（今四川三台），听到这个消息，欣喜若狂，挥毫泼墨，写下了这首脍炙人口的名作。

诗的前两句，写诗人突然听到胜利消息时的喜悦心情。"忽传"使人感受到喜出望外之意，"涕泪满衣裳"又见其兴奋异常、激动万分之状。三、四句写全家人高兴的情景，"却看"和"漫卷"生动传神地表现出愁云全消、欣喜如狂的神态。五、六句由狂喜转入放歌，希望尽早回到故乡洛阳。最后两句用四个地名规划出了回乡的路线，表现了诗人急于还乡过和平生活的强烈愿望。

杜甫向来以沉郁顿挫的诗风著称，此诗却一扫沉郁苍凉之态，充溢着轻快开朗的情绪，所以浦起龙称之为"生平第一快诗"。

扩展阅读

诗之能感人，为其有性情也。古人所谓的"诗言志"，就是这个道理。一首诗，或者只是诗中的某一句，如果能够打动读者的心，那么这首诗就是优秀的。黄白山对于杜甫的诗有过如下评价：

> 杜诗强半言愁，其言喜者，惟《寄弟》数首及此作而已。言愁者，使人对之欲哭；言喜者，使人对之欲笑。盖能以其性情达之纸墨，而后人之性情，类为之感动故也。使舍此而徒讨论其格调，剽拟其字句，抑末矣。

真正的好诗，是不当以字句为标准的。明代诗歌评论家胡应麟以"老杜好句中迭用字"为由，说此诗中"便下襄阳向洛阳"等句式，产生"颇令人厌"的感觉。这样的评诗标准，未免过于小气。

江南逢李龟年①

岐王宅里寻常见②,崔九堂前几度闻③。
正是江南好风景,落花时节又逢君。

【注释】
①李龟年:唐代开元、天宝年间的著名歌者,经常侍奉在玄宗身边。
②岐王:是唐玄宗的弟弟李范。
③崔九:指殿中监崔涤,他是唐玄宗的宠臣。

【译文】

我们在岐王府里经常相见,
崔九堂前几次听你的歌声。
现在正是江南风景最美时,
花落的时节里又与你相逢。

点评

　　杜甫初逢李龟年是在少年时，正值开元盛世，李龟年是当时有名的歌者，杜甫曾多次在达官贵人家里听过他的歌声。然而，几十年后，当杜甫在江南再次与李龟年重逢时，已是人事全非，那场长达八年的动乱颠覆了开元盛世的大厦，它的轰然倒塌使曾经的美好只能埋藏在记忆之中。"正是江南好风景，落花时节又逢君"，风景秀丽的江南原是人人向往的游玩胜地，但此时唐室衰败，繁华不再，一个老歌唱艺人与一个老诗人在颠沛流离中相遇，会勾起多少对往日的回忆？落花流水的景致无情地昭示开元全盛日已是昨日黄花的历史陈迹了。凄凉之感浸透全诗，流露出杜甫对往盛今衰的无限沧桑之感和对开元盛世的无限眷恋。

扩展阅读

　　据《太平广记》卷二〇四记载：

　　　　唐开元中，乐工李龟年、彭年、鹤年兄弟三人，皆有才学盛名。彭年善舞，鹤年、龟年能歌，尤妙制《渭川》，特承顾遇。于东都（指洛阳）大起第宅，僭侈之制，逾于公侯，宅在东都通远里，中堂制度，甲于都下。其后龟年流落江南，每遇良辰胜赏，为人歌数阕，座中闻之，莫不掩泣罢酒。

乱后衰微，不堪入目，想起杜甫另一句诗谓"忆昔开元全盛日"，使人怅然。

岑参 一首

岑参（717—770）：祖籍南阳（今属河南），后徙居荆州江陵（今属湖北）。唐玄宗天宝三载（744）进士，他曾几次去往边塞，对边塞生活比较熟悉并深有体会。大历五年（770）客死成都。他是盛唐边塞诗派的代表作家，与高适并称"高岑"。

白雪歌送武判官归京①

北风卷地白草折②，胡天八月即飞雪③。
忽如一夜春风来，千树万树梨花开④。
散入珠帘湿罗幕，狐裘不暖锦衾薄。
将军角弓不得控⑤，都护铁衣冷难着⑥。
瀚海阑干百丈冰⑦，愁云惨淡万里凝。
中军置酒饮归客⑧，胡琴琵琶与羌笛。
纷纷暮雪下辕门⑨，风掣红旗冻不翻⑩。
轮台东门送君去⑪，去时雪满天山路。
山回路转不见君，雪上空留马行处⑫。

【注释】

①武判官:生平不详。判官,军中文职。
②白草:西北边地生长的一种草,秋天变白,经冬枯而不萎。
③胡天:指塞北的天气。
④梨花:这里用来借指雪花。
⑤角弓:用兽角装饰的弓。 控:拉弦。
⑥都护:镇守边疆的长官,此处泛指军中将领。 着:穿。
⑦瀚海:指沙漠。 阑干:(冰雪)纵横交错的样子。
⑧中军:这里指主帅的营帐。
⑨辕门:军营门。古代军队驻扎时,将两车相向仰起,搭成门状,称作辕门。
⑩掣(chè):拽动。 翻:飘动。
⑪轮台:唐时隶属于北庭都护府,故址在今新疆。
⑫马行处:指马蹄印。

【译文】

北风席卷大地吹折了百草,
胡地天气八月就漫天飞雪。
忽然一夜间好像春风吹来,
千树万树的梨花竞相盛开。
雪花飘进珠帘沾湿了罗幕,
感觉狐裘不暖锦被也单薄。
将军的角弓冻住了拉不开,
都护的铁衣冰冷难以穿着。
浩瀚的沙漠覆盖了百丈冰,
愁云惨淡凝聚在万里高空。
中军帐备办酒席为你送行,
胡琴琵琶羌笛合奏来祝兴。
傍晚时辕门外的大雪纷飞,

红旗被冻住朔风也吹不动。
我在轮台东门外送你离去,
你走时大雪盖满了天山路。
山路曲折已望不见你身影,
雪地上只留下一串马蹄印。

点 评

天宝十三载,岑参再度出塞,任安西北庭节度使封常清的判官。这首咏雪送人的诗就作于此时。

诗人描写了奇丽的边塞风光:北风折草,八月飞雪,角弓难拉,铁衣难着。这种奇寒的感受对一个南方人来说是神奇而又难以想象的。"忽如一夜春风来,千树万树梨花开",也同样从南方人的视角来审视胡地纷纷扬扬的大雪,为边塞风光涂上了一层奇丽的浪漫色彩,成为千古传诵的名句。接着写营帐内狐裘不暖,铁衣难着;营帐外悬冰百丈,雪云万里。这些奇寒之景,既为送别增添了离愁,又为西北的雪景增添了壮丽。一路风雪一路送别,朋友走远了,雪地上只留下一串马蹄印。意境悠远,耐人回味。

扩展阅读

岑参曾数次出使边关,他第一次出使是在唐玄宗天宝八载,由于安西节度使高仙芝入朝奏请,岑参便随军出使西域边塞。因为是第一次,所以当他遇见返回长安的使者时,写了首《逢入京使》,诗曰:

故园东望路漫漫,双袖龙钟泪不干。
马上相逢无纸笔,凭君传语报平安。

此时毕竟眷恋家庭的温馨生活,故有"双袖龙钟泪不干"的愁情。而在《白雪歌》里,已经一扫先前的愁绪而变得满腔豪情了。

刘方平 一首

刘方平（生卒年不详）：河南（今河南洛阳）人。一生未出仕，过着隐居生活。他工诗善画，与元结、萧颖士等交好。

月夜

更深月色半人家①，北斗阑干南斗斜②。
今夜偏知春气暖③，虫声新透绿窗纱④。

【注释】
①半人家：指月亮照亮了人家的半个庭院。
②阑干：横斜的样子。
③偏知：始知。
④新透：初透。

【译文】

深夜的月光斜照着半边人家,
北斗星横陈南斗星已经偏斜。
今夜才知道春天气候的温暖,
鸣虫叫声第一次透进绿窗纱。

点评

　　这首吟咏春天月夜的绝句写得清丽、细腻，别具一格，因而得到众口传诵。刘方平善画，这首诗就像他笔下的一幅画：夜半更深，朦胧的斜月照亮着千家万户，庭院的一半沉浸在月光下，另一半则笼罩在黑暗的夜色里。夜深了，北斗星和南斗星都已偏斜，万籁俱寂，只有月光和星斗装点着夜的静谧。而就在这深夜静寂的时刻，突然响起了清脆的虫鸣，这是春天的讯息。它带着生命的萌动与欢乐透过绿窗纱，告诉窗里面的人，又是春回大地的时节了。动物往往比人更能感知季节的变化，这句"今夜偏知春气暖"便与苏东坡的"春江水暖鸭先知"有异曲同工之妙。

　　刘方平本是盛唐时不太出名的一个诗人，作品流传下来的也不多，但他却能凭几首小诗在唐诗的百花园中占有一席之地，这不得不归功于他的别出新裁、不落俗套的诗意。

扩展阅读

　　刘方平还有一首很有名的《春怨》诗：
　　　　纱窗日落渐黄昏，金屋无人见泪痕。
　　　　寂寞空庭春欲晚，梨花满地不开门。
这是一首哀凄的宫怨诗，诗中用"金屋藏娇"的故事，来表现宫女昔日受宠，如今备受冷落的寂寞和孤独。诗写日落的黄昏，写晚春的落花，使暮色中的晚春景色更加凄凉。宫女金屋独坐，庭院寂寞无人，泪痕挂满腮边。"梨花满地不开门"一句，既有形象，又有诗境，在凄楚寂寥的氛围中，将宫女自伤怨恨的情怀和盘托出，堪称是宫女的血泪诗。

张继 一首

张继(生卒年不详):字懿孙,襄州(今湖北襄阳)人。唐玄宗天宝十二载(753)进士。他长期在吴越一带游历,为人重气节,关心民生疾苦,在当时颇有诗名。

枫桥夜泊①

月落乌啼霜满天,江枫渔火对愁眠②。
姑苏城外寒山寺③,夜半钟声到客船④。

【注释】
① 枫桥:在今江苏苏州西郊。
② 江枫:江边的枫树。 渔火:渔船上的灯火。
③ 姑苏:苏州的别称,因其西南的姑苏山而得名。 寒山寺:寺在枫桥边,相传因唐名僧寒山曾住此寺,故改名寒山寺。
④ 夜半钟声:唐代寺院有半夜敲钟的习惯。

【译文】

月亮西沉乌鸦啼叫寒霜满天，
默对江枫渔火使我愁思难眠。
姑苏城外著名的寒山寺院里，
半夜钟声悠扬飘到我的客船。

🐏 点 评 🐏

　　这是一首著名的绝句，抒发的是旅途的愁思。先写霜天夜景：月落天边，乌啼高树，枫叶火红，渔火明灭。诗人在枫桥边的泊舟中孤寂难眠，这时，从静夜中传来了寒山寺的钟声，钟声悠远，清晰地传到诗人旅居的客船中，更加深了他深夜不眠的客愁。诗人着力描写的就是这"夜半钟声"，它透着一种宗教的归属感。尽管有不少人写过夜半钟声，却再也没有超过张继的了。

扩展阅读

　　寒山寺、枫桥原来也并非无名之地，但因张继之诗而更加声名远播。范成大在《吴郡志》里写道：枫桥在阊门外九里道傍，自古有名，南北客经由，未有不憩此桥而题咏者。

　　后世过此地亦必有作诗的人，而多半为张继诗所范围，如宋朝人孙觌有《再宿枫桥》曰：

　　　　白发从来一梦中，青山不改旧时容。

　　　　乌啼月落寒山寺，欹枕犹闻半夜钟。

清朝人孙枝蔚有《枫桥》诗曰：

　　　　依旧钟声夜半过，谁如张继善吟哦。

　　　　老夫独少诗中画，始觉平生怨愤多。

张枝蔚也承认不如"张继善吟哦"了，所以历代咏枫桥或寒山寺之诗，以张继此诗为第一。

　　关于"夜半钟声到客船"一句，前人有种种议论，有人认为半夜不是打钟时。其实，唐代僧寺多打半夜钟，据《老学庵笔记》载：

　　　　张继《枫桥夜泊》诗云："姑苏城外寒山寺，夜半钟声到客船。"欧阳公嘲之云："句则佳矣，其如夜半不是打钟时。"后人又谓惟苏州有半夜钟,皆非也。按于邺《褒中即事》诗云:"远钟来半夜,明月入千家。"皇甫冉《秋夜宿会稽严维宅》诗云:"秋深临水月,夜半隔山钟。"此岂亦苏州诗耶?恐唐时僧寺自有夜半钟也。

韩翃 一首

韩翃（hóng）（生卒年不详）：字君平，南阳（今属河南）人。唐玄宗天宝十三载（754）进士，是著名的"大历十才子"之一。作品多为流连光景、送行赠别之作，在当时颇富盛名。

寒食①

春城无处不飞花②，寒食东风御柳斜③。
日暮汉宫传蜡烛④，轻烟散入五侯家⑤。

【注释】

① 寒食：指我国的传统节日寒食节，在冬至后第一百零五天，约在清明节前两天。按习俗，寒食节前后禁火三天，只吃冷食，因此得名。据说这是为了纪念春秋时晋国大夫介之推。
② 春城：指长安。　飞花：初春柳絮纷飞，称飞花。
③ 御柳：皇城中的柳树。
④ 汉宫：借指唐宫。　传蜡烛：寒食节禁火，夜间不得燃烛。所以皇帝将蜡烛特赐给近臣，准许他们破例燃烛，以示恩宠。
⑤ 五侯：指当时的豪门贵族。

【译文】

春天的京城万紫千红处处花飞花落,
寒食节的东风吹拂御河岸边的垂柳。
夜晚来临宫中忙着传递赏赐的蜡烛,
烛烟和恩赐首先散入豪门贵族之家。

点评

诗写暮春时节长安城中花团锦簇、人们欢度寒食节的热闹景象。前两句着力写城中迷人的风光：万紫千红，花飞满天，东风轻柔，杨柳摇曳。后两句写皇帝赐火给近臣，含蓄地讽刺了当时宠臣专权的现实。寒食节家家禁火而宫中独传蜡烛，贵族们所享有的特权是普通百姓无法企及的。因此，当夜幕降临，长安城中一片昏暗之时，只有贵戚之家依旧烛火荧荧。

扩展阅读

韩翃少负才名，虽举进士，但生活仍是贫苦。晚年共职的同事，多为年轻人，都不能了解韩翃，于是他经常以生病为由，待在家里。由于唐德宗特别喜爱韩翃的这首《寒食》诗，所以提拔他为驾部郎中。据孟 《本事诗》记载：

　　一日，夜将半，韦（巡官）叩门急，韩（　）出见之，贺曰："员外除驾部郎中，知制诰。"韩大愕然曰："必无此事，定误矣。"韦就座，曰："留邸状报制诰阙人，中书两进名，御笔不点出，又请之，且求圣旨所与，德宗批曰：'与韩　。'时有与　同姓名者为江淮刺史，又具二人同进，御笔复批曰：'春城无处不飞花……与此韩　。'"

因为一首诗而被赏识如此，优进如此，整个唐代，大概找不出第二人来。

韦应物 一首

韦应物（约737—约792）：京兆万年（今陕西西安）人。青年时曾担任唐玄宗的侍卫官，生活放荡。安史之乱后，他痛改前非，折节读书，成为中唐前期的重要诗人。他以山水田园诗著称，诗中常常流露出对民生疾苦的同情。

滁州西涧①

独怜幽草涧边生②，上有黄鹂深树鸣。
春潮带雨晚来急，野渡无人舟自横③。

【注释】
① 滁（chú）州：今安徽滁县。　西涧：在滁县城西，俗名上马河。
② 独怜：只爱。
③ 野渡：郊野的渡口。

【译文】

我最爱生长在涧边的幽幽青草,
有黄鹂鸟在茂密的树丛上鸣叫。
春潮夹带着雨水夜晚下得更急,
野渡无人船儿在水边静静停泊。

点评

此诗是德宗建中四年韦应物任滁州刺史时所作。涧边的幽草,树上的黄鹂,春潮暮雨,野渡横舟构成了一幅色彩相宜的风景画,表现了作者向往并追求宁静闲适生活的情趣。"野渡无人舟自横"一句历来脍炙人口,宋代宰相寇准《春日登楼怀归》诗就将这一句写进了诗里,"野水无人渡,孤舟尽日横"。

扩展阅读

《滁州西涧》是韦应物最负盛名的写景佳作。这首诗情浓郁的小诗,广泛流传,得到了很多人的喜爱。据《宋名臣言行录续集》所载:

> 王荣老尝官于观州,罢官,渡观江。七日,风作,不得济。父老曰:"公箧中必蓄宝物。此江神极灵,当献之得济。"荣老顾无所有,惟玉 尾以献之,风如故;又以端研献之,风愈作;又献以宣包虎帐,皆不验。夜卧,念曰:"有鲁直(即黄庭坚)草书扇头,题韦应物诗曰:'独怜幽草涧边生,上有黄鹂深树鸣。春潮带雨晚来急,野渡无人舟自横。'"乃取视 惚之际,曰:"我犹不识,鬼宁识之乎?"持以献之,香火未收,天水相照,如两镜展对,南风徐来,帆一饷而济。洪觉范谓"此神必元祐迁客之鬼,不然,何嗜之深邪"。

当然不会有上面所说的什么江神,但它却从侧面反映了人们对这首诗的喜爱之情。

孟郊 二首

孟郊（751—814）：字东野，湖州武康（今浙江德清）人。家境贫困，为人耿介，直到47岁才中进士。诗歌多写个人遭遇，也有一些反映民生疾苦的作品。他与韩愈一见如故，奇险的诗风与韩愈并称"韩孟"，而为诗苦吟又接近贾岛，所以又有"郊寒岛瘦"的说法。

游子吟

慈母手中线，游子身上衣。
临行密密缝，意恐迟迟归。
谁言寸草心①，报得三春晖②。

【注释】
①寸草心：指小草生出的嫩芽，又象征儿女的孝心。寸草，小草。
②三春晖：春天的阳光，也象征母爱。晖，阳光。

【译文】

慈母手中飞针走线,
赶制儿子远行衣衫。
临行针线缝了又缝,
担心儿子迟迟不归。
谁说如寸草的孝心,
能报答春晖般母爱。

点评

孟郊家境贫寒，又少年丧父，与母亲相依为命。他屡试不第，终于在47岁时考中了进士，50岁才被任命为溧阳县尉，他将母亲接到溧阳同住，此诗就作于这个时期。

这是一首母爱的颂歌，通过描写母亲为游子缝衣这一普通的生活细节，抒发了游子对慈母的深挚爱意。慈母手中线连着游子身上衣，"临行密密缝，意恐迟迟归"，是母亲不忍与爱子分离又不得不分离、盼其早归又恐其晚归的复杂心理的反映。"寸草心"是游子的一片孝心，"三春晖"是慈母无私博大的爱，一棵小草的心怎能报答整个春天阳光的普照，游子的孝心也报答不了母爱的万分之一。

诗人用真体验、真感受写出了人类共有的母子亲情，引起了强烈共鸣。这是孟郊流传最广的一首诗，而且只要母爱依然还是人类最广泛、最普遍的感情，这首诗就会一直传诵下去。

扩展阅读

孟郊《游子吟》，传诵千古，影响深远，因为不论是在古代，还是现在，对于母亲的爱是永远不会改变的。元朝人陈谦把这首《游子吟》重新翻作，其情也更为细腻：

母爱儿，比瑶草，百花枝头春浩浩。
结绿悬黎总非宝，朝居目前暮怀抱，
顷刻相违作忧恼。儿今劝尔无出游，
忍令母心日夜忧。纫衣一针一度钩，
针线不比心绸缪。儿嬉斗草拈春缕，
绿缛青葱不堪数。楚人只解歌王孙，
萋萋乃有子母恩。徂徕松，淇园竹。
人生长生胜他木，千年万年春草绿。

道尽了人间母子深情。

登科后

昔日龌龊不足夸^①,今朝放荡思无涯^②。
春风得意马蹄疾,一日看尽长安花。

【注释】
①龌龊(wòchuò):指处境不如意。
②放荡:自由自在,无拘无束。

【译文】
　　　　昔日的潦倒不值得再提,
　　　　今天自由自在没有牵挂。
　　　　春风中畅快地纵马驰骋,
　　　　一日之内看尽长安美景。

点 评

孟郊从小家境贫寒,一直过着穷困潦倒的生活。作为一个处于封建社会底层的落魄文人,他希望通过科举考试,求得一官半职,改变自己的命运。但是当他远赴长安考进士时,却一再地遭受失败,直到第三次才算考中。"昔日龌龊不足夸,今朝放荡思无涯",写诗人的感情由大悲转为大喜,由失意转为得意。尽管当时他已年近五十，仍然心花怒放，喜不自胜。于是奋笔写下"春风得意马蹄疾，一日看尽长安花"的名句，从中可以想象他当时策马奔驰于春花灿漫的长安道上，是何等地热情奔放，神采飞扬。千百年来，这两句作为意气风发、乐观向上的同义语，长期活在人们的口头笔下，而且历久弥新，显示出它旺盛的生命力。

扩展阅读

孟郊43岁时，始从江南来长安应试，第一次没有考中，诗人写了一首《落第》诗，诗曰：

晓月难为光，愁人难为肠。
谁言春物荣，独见花上霜。
雕鹗失势病，鹪鹩假翼翔。
弃置复弃置，情如刀刃伤。

落第后诗人东归徐州访友，又往苏州游玩，秋天时返回长安，准备第二年的科举。待到次年考试成绩出来，还是没有中举，于是写了《再下第》诗一首，诗曰：

一夕九起嗟，梦短不到家。
两度长安陌，空将泪见花。

接着便到今湖南、湖北一带游山玩水去了，一直玩了两年，但科考之心依旧不死，便在46岁的秋天三至长安，等待次年的考试。总算功夫不负有心人，诗人终于如愿了，其喜悦之情，便尽寓在这一首《登科后》中了。

张籍 一首

张籍（约766—约830）：字文昌，祖籍吴郡（今江苏苏州），后移居和州（今安徽和县）。他出身贫寒，唐德宗贞元十五年（799）经韩愈推荐为进士。曾患眼疾，几至失明，孟郊称之为"穷瞎张太祝"。他同情民间疾苦，作有多首讽刺现实的乐府诗，与王建齐名，世称"张王乐府"。

秋思

洛阳城里见秋风①，欲作家书意万重。
复恐匆匆说不尽，行人临发又开封。

【注释】
① 见秋风：秋风是无形的，本不可见。这里的意思是，秋风一起，便看到自然界呈现的萧条景象。

【译文】

洛阳城里又刮起了秋风,
想写家书心中万千思情。
恐怕在匆匆之间说不尽,
行人临走又打开了信封。

点 评

秋风吹起,木叶凋零,秋光秋景最易勾起游子的思家情怀。满目的秋景,羁泊异乡的凄寂,对家乡亲人的思念都从这"洛阳城里见秋风"而来。秋风惹起了无尽的乡思,诗人却由于种种原因不能回乡,只好修一封家书来寄托自己的怀乡之情。心中有千言万语,下笔又不知从何说起。"复恐匆匆说不尽,行人临发又开封",这一细节的剪取将诗人内心深厚丰富的情意和唯恐表达不尽的矛盾充分表现了出来。诗中写的是常见之事、常有之情,却包含着人人想说而说不清的情感。正如王安石对张籍诗的评价,"看似寻常最奇崛,成如容易却艰辛"。

扩展阅读

吴人至洛阳做官的,到秋天大都有思乡情结。诗人此时的心态,与距他四百年前的张季鹰如出一辙。据《世说新语》记载:

> 张季鹰辟齐王东曹掾,在洛,见秋风起,因思吴中菰菜羹、鲈鱼脍,曰:"人生贵得适意尔,何能羁宦数千里以要名爵?"遂命驾便归。

张籍诗里有"欲作家书"四字,便是不能回去的了,这与张季鹰不同。不过季鹰也曾作《思吴江歌》曰:

> 秋风起兮佳景时,吴江水兮鲈正肥。
> 三千里兮家未归,恨难得兮仰天悲。

抒发有家难归的悲痛之情。

韩愈 一首

韩愈(768—824):字退之,河阳(今河南孟县)人,郡望昌黎,故世称"韩昌黎"。他三岁早孤,由长嫂抚养成人。唐德宗贞元八年(792)中进士,因其为官正直,直言敢谏,曾多次遭贬。他是著名诗人,又是唐代古文运动的领袖。他的古文与柳宗元并称"韩柳",居"唐宋八大家"之首。他的《柳子厚墓志铭》、《祭十二郎文》、《师说》、《毛颖传》等尤其著名。

早春呈水部张十八员外[①]

天街小雨润如酥[②],草色遥看近却无。
最是一年春好处,绝胜烟柳满皇都[③]。

【注释】
①水部张十八员外:指张籍,时任水部员外郎。
②天街:指长安的街道。 酥:酥油。
③皇都:指长安。

【译文】

街上的小雨像酥油一样的滋润,
草色遥看一片青翠走近却无色。
现在是一年当中最好的时节了,
远远胜过烟柳满城的春深景色。

点 评

　　这首诗是韩愈写给学生兼至交张籍的。张籍在兄弟辈中排行十八,故称"张十八"。诗人描写的是长安早春的景色和对早春天气的喜爱。俗语云:"春雨贵如油。"一场"润如酥"的春雨过后,嫩嫩的草芽就钻出了地面,这时的草细而疏,远远望去,星星点点,朦朦胧胧,仿佛有一片极淡极淡的青青之色。这早春的绿意透着勃勃生机,使人忍不住要走近去看个仔细,然而稀稀朗朗的嫩芽,走近反倒看不清什么颜色了。"草色遥看近却无"是全诗中最杰出的句子,用传神之笔写出了早春草色的朦胧之美。一年之计在于春,而春天的最好时节又在早春,以至远远胜过"烟柳满皇都"的春深时节。诗人的喜爱之情是强烈的,却用极其素淡的语言来表达,像一幅淡淡的水墨画,给人以无穷的美感和情趣。

扩展阅读

　　员外,是古代的一种官职,本来指正员以外的官员。最初是在晋武帝时设置,有"员外散骑常侍"、"员外散骑侍郎"等职。隋朝时,尚书省24司各设员外郎一人,为各司的次官。唐以后直至明清,各部都有员外郎,位在郎中之次。然而作为正员之外的官员,后世亦多可以捐买的,所以在古时候所称的员外大都皆是富豪一类人物。元代李行道在《灰阑记》中写道:

　　不是什么员外,俺们这里有几贯钱的人,无过是个土财主,没品职的。

白居易 二首

　　白居易（772—846）：字乐天，晚号香山居士，祖籍太原，后迁至下邽（今陕西渭南）。贞元十六年（800）进士。他为官直言敢谏，写了很多抨击时弊的讽喻诗，对新乐府运动起了积极的作用。他的诗与元稹齐名，并称"元白"。他是继杜甫之后杰出的现实主义诗人，诗歌语言浅近，流传极广。《长恨歌》、《琵琶行》是他七言古诗的代表作。

赋得古原草送别

离离原上草①，一岁一枯荣②。
野火烧不尽，春风吹又生。
远芳侵古道，晴翠接荒城③。
又送王孙去④，萋萋满别情⑤。

【注释】

①离离:草茂盛的样子。

②枯:枯萎。 荣:繁盛。

③远芳:指远处的绿草。 晴翠:晴空下的青山。

④王孙:本指贵族子弟,这里指远行之游子。

⑤萋萋:草盛的样子。

【译文】

生长在古原上繁茂的野草,
年年周而复始地枯萎茂盛。
任凭那野火焚烧也烧不尽,
每当春风吹起又开始滋生。
伸向远处的芳草蔓上古道,
晴空下翠绿青山连着荒城。
在这里又送朋友远行而去,
萋萋的芳草满含离情别意。

点 评

  这是一首应考习作,相传是白居易十六岁时所作。诗中通过对古原上野草的描绘,抒发了送别友人时的依依惜别之情。诗的首句"离离原上草"紧扣题目"古原草"三字,并用叠字"离离"描写春草的茂盛。第二句"一岁一枯荣"进而写出原上野草秋枯春荣,岁岁循环,生生不息的规律。第三、四句"野火烧不尽,春风吹又生",一句写"枯",一句写"荣"。不管烈火怎样无情地焚烧,只要春风一吹,又是遍地青青的野草,极为形象生动地表现了野草顽强的生命力。比喻生动别致,蕴含着发人深省的哲理,为千古传诵、过目难忘的名句。第五、六句"远芳侵古道,晴翠接荒城",刻画春草蔓延、绿野广阔的景象,"古道"、"荒城"又点出友人即将经历的处所。最后两句"又送王孙去,萋萋满别情",点明送别的本意。用绵绵不尽的萋萋春草比喻充塞胸臆、弥漫原野的惜别之情,在"赋得体"中堪称绝唱。

扩展阅读

相传白居易十六岁时,从江南到长安,拜见当时名士顾况。据张固《幽闲鼓吹》记载:

> 白尚书应举,初至京,以诗谒顾著作。顾睹姓名,熟视白公曰:"米价方贵,'居'亦弗'易'。"乃披卷首篇曰:"咸阳原上草,一岁一枯荣。野火烧不尽,春风吹又生。"即嗟赏曰:"道得箇语,'居'即'易'矣。"因为之延誉,声名大振。

能在一首应制诗中写出如此境界,难怪大名士顾况为之感慨延誉了。

长恨歌

汉皇重色思倾国①,御宇多年求不得②。
杨家有女初长成③,养在深闺人未识。
天生丽质难自弃,一朝选在君王侧。
回眸一笑百媚生,六宫粉黛无颜色④。
春寒赐浴华清池⑤,温泉水滑洗凝脂⑥。
侍儿扶起娇无力,始是新承恩泽时⑦。
云鬓花颜金步摇⑧,芙蓉帐暖度春宵。
春宵苦短日高起,从此君王不早朝。
承欢侍宴无闲暇,春从春游夜专夜。
后宫佳丽三千人⑨,三千宠爱在一身。
金屋妆成娇侍夜⑩,玉楼宴罢醉和春⑪。
姊妹弟兄皆列土⑫,可怜光彩生门户⑬。
遂令天下父母心,不重生男重生女。
骊宫高处入青云⑭,仙乐风飘处处闻。
缓歌慢舞凝丝竹⑮,尽日君王看不足。
渔阳鼙鼓动地来⑯,惊破《霓裳羽衣曲》⑰。
九重城阙烟尘生⑱,千乘万骑西南行。
翠华摇摇行复止⑲,西出都门百余里。
六军不发无奈何,宛转蛾眉马前死⑳。

花钿委地无人收㉑,翠翘金雀玉搔头㉒。
君王掩面救不得,回看血泪相和流。
黄埃散漫风萧索,云栈萦纡登剑阁㉓。
峨嵋山下少人行,旌旗无光日色薄㉔。
蜀江水碧蜀山青,圣主朝朝暮暮情。
行宫见月伤心色,夜雨闻铃肠断声。
天旋地转回龙驭㉕,到此踌躇不能去。
马嵬坡下泥土中㉖,不见玉颜空死处。
君臣相顾尽沾衣,东望都门信马归。
归来池苑皆依旧,太液芙蓉未央柳㉗。
芙蓉如面柳如眉,对此如何不泪垂?
春风桃李花开日,秋雨梧桐叶落时。
西宫南内多秋草㉘,落叶满阶红不扫。
梨园弟子白发新㉙,椒房阿监青娥老㉚。
夕殿萤飞思悄然,孤灯挑尽未成眠。
迟迟钟鼓初长夜,耿耿星河欲曙天㉛。
鸳鸯瓦冷霜华重,翡翠衾寒谁与共?
悠悠生死别经年,魂魄不曾来入梦。
临邛道士鸿都客㉜,能以精诚致魂魄。
为感君王辗转思,遂教方士殷勤觅㉝。
排空驭气奔如电㉞,升天入地求之遍。
上穷碧落下黄泉㉟,两处茫茫皆不见。
忽闻海上有仙山,山在虚无缥缈间。
楼阁玲珑五云起㊱,其中绰约多仙子㊲。

中有一人字太真㊳,雪肤花貌参差是㊴。
金阙西厢叩玉扃㊵,转教小玉报双成㊶。
闻道汉家天子使,九华帐里梦魂惊㊷。
揽衣推枕起徘徊,珠箔银屏迤逦开㊸。
云鬓半偏新睡觉㊹,花冠不整下堂来。
风吹仙袂飘飘举㊺,犹似霓裳羽衣舞。
玉容寂寞泪阑干㊻,梨花一枝春带雨。
含情凝睇谢君王㊼,一别音容两渺茫。
昭阳殿里恩爱绝㊽,蓬莱宫中日月长㊾。
回头下望人寰处,不见长安见尘雾。
惟将旧物表深情,钿合金钗寄将去㊿。
钗留一股合一扇,钗擘黄金合分钿㉛。
但教心似金钿坚,天上人间会相见。
临别殷勤重寄词㉜,词中有誓两心知:
七月七日长生殿㉝,夜半无人私语时。
在天愿作比翼鸟㉞,在地愿为连理枝㉟。
天长地久有时尽,此恨绵绵无尽期!

【注释】

① 汉皇:汉武帝刘彻,这里指唐玄宗。 倾国:比喻佳人美貌。汉代李延年作有《李夫人歌》:"北方有佳人,绝世而独立。一顾倾人城,再顾倾人国。"

② 御宇:统治国家。

③ 杨家有女:指杨玉环。

④ 六宫粉黛:指后宫佳丽。

⑤ 华清池:唐代华清宫中的温泉浴池,在今陕西临潼骊山上。

⑥凝脂：比喻嫩滑的肌肤。
⑦承恩泽：指得到皇帝的宠爱。
⑧云鬓：形容鬓发美丽如云。 金步摇：古代妇女的一种首饰，上面垂挂珍珠，行路则摇动。
⑨佳丽三千：极言后宫美女之多。
⑩金屋：《汉武故事》中记载，汉武帝年幼时，他的姑母问他要不要娶自己的女儿阿娇为妻，汉武帝说，如果能娶到阿娇，就让她住在金屋里。
⑪玉楼：楼的美称。 醉和春：醉意和着春意。
⑫列土：将土地分封给贵族。
⑬可怜：令人羡慕。
⑭骊宫：指骊山上的华清宫。
⑮丝竹：代指乐器。
⑯渔阳：代指安禄山反叛之地。 鼙（pí）鼓：军队用来召集士兵，发号施令的鼓。
⑰《霓裳羽衣曲》：一种由西域传入的舞曲，据说经过唐玄宗润色改编。
⑱九重城阙：指皇帝居住的京城。
⑲翠华：皇帝仪仗中用翠鸟羽毛装饰的旗帜。这里指皇帝车驾。
⑳蛾眉：代指杨玉环。
㉑花钿（diàn）：镶嵌金花的首饰。
㉒翠翘、金雀、玉搔头：都是古代贵族妇女佩戴的首饰。
㉓云栈：高入云霄的栈道。 萦纡：曲折环绕。 剑阁：在今四川剑阁东北，是川陕之间的交通要道，左右有大小剑山，形势险要。
㉔日色薄：日色黯淡。
㉕天旋地转：指唐军转败为胜。 龙驭：皇帝的车驾。
㉖马嵬坡：故址在今陕西兴平西北。
㉗太液、未央：此处借指唐朝宫苑。

㉘西宫：太极宫。　南内：兴庆宫。唐玄宗返回长安后，先住在兴庆宫，后又移居太极宫。

㉙梨园弟子：指唐玄宗过去所训练的一批艺人。

㉚椒房：后妃居住的宫殿。　阿监：宫中女官。　青娥：代指青春的容颜。

㉛耿耿：明亮的样子。

㉜临邛（qióng）：今四川邛崃。　鸿都：东汉京都洛阳宫门名，此处借指长安。

㉝方士：指有法术的人。

㉞排空驭气：腾云驾雾。

㉟碧落：指天堂。　黄泉：指地府。

㊱五云：五色祥云。

㊲绰约：体态柔美的样子。

㊳太真：杨玉环被度为道姑时道号太真。

㊴参差（cēncī）：仿佛，差不多。

㊵金阙：金碧辉煌的神仙宫阙。　玉扃（jiōng）：玉作的门。

㊶小玉、双成：都是仙宫中的侍女名。

㊷九华帐：华丽的帷帐。

㊸珠箔（bó）：珠帘。　银屏：银制的屏风。　迤逦（yǐlǐ）开：一个个接连敞开。

㊹新睡觉：刚睡醒。

㊺仙袂（mèi）：指杨玉环的袖子。

㊻泪阑干：泪水纵横的样子。

㊼凝睇（dì）：凝视。

㊽昭阳殿：这里指杨贵妃生前的寝宫。

㊾蓬莱宫：蓬莱仙山上的宫殿。

㊿钿合：镶有珠宝的盒子。

(51)擘（bò）：分开。

(52)殷勤：情深意重。　重寄词：反复捎话。

(53)长生殿：在华清宫内。

(54)比翼鸟：又名鹣鹣，此鸟雌雄双飞双宿，后比喻夫妻恩爱。

(55)连理枝：不同根的树木，其枝条同生在一起。

【译文】

唐明皇贪爱女色思念美人，
登位多年却始终寻访不得。
杨家的女儿刚刚长大成人，
娇养在深闺中没有人知道。
天生丽质哪里会长久埋没，
终于有一天选在君王身边。
回头一笑能生出千娇百媚，
六宫嫔妃都显得没有颜色。
春寒料峭赐她沐浴华清池，
泉水滑润洗涤她细腻肌肤。
侍女扶起她显得娇软无力，
这是刚刚得到君王宠爱时。
鬓如云面似花头戴金步摇，
芙蓉帐里度过温暖的春宵。
春宵苦短太阳已高高升起，
从此以后君王不再上早朝。
承欢君前侍奉宴饮无空闲，
春天跟着游玩夜夜伴君王。
后宫的美女有三千人之多，
三千人的宠爱集于她一身。
金屋里梳妆打扮侍宠撒娇，
玉楼上宴罢更添醉人风姿。
兄弟姐妹个个都受赐封赏，
杨家门庭的光彩令人羡慕。
致使普天下做父母的心里，

不重生男孩只重视生女孩。
骊山华清宫高耸直入云霄，
美妙音乐随风飘荡处处闻。
轻歌曼舞紧扣着管弦旋律，
美丽容颜君王整天看不够。
渔阳叛乱的战鼓惊天动地，
惊破寻欢作乐《霓裳羽衣曲》。
九重的城阙顿时风烟四起，
千乘万骑护送君王西南逃。
君王车驾行进中忽然停止，
这时出城向西大约百余里。
六军不肯前进君王无奈何，
无奈将杨贵妃在马前赐死。
花钿丢弃一地无人来收拾，
还有满地翠翘金雀玉搔头。
君王掩面哭泣却无法救她，
回头看止不住血泪相和流。
寒风萧瑟扬起漫天的黄尘，
顺着连云栈道盘曲登高阁。
峨嵋山下一派荒凉行人少，
旌旗没有光彩日光也淡薄。
蜀江的水碧绿蜀山上青翠，
触动君王朝朝暮暮相思情。
行宫望月全是伤心的景色，
夜雨听铃好像肠断的声音。
战乱平定唐玄宗返回长安，
在贵妃死处留恋不忍离开。
在这马嵬坡下的泥土之中，
不见贵妃只见她惨死之处。
君臣相互顾望都泪湿衣襟，

东望都门信马由缰回长安。
归来后看到池苑依然如故,
太液池荷盛开未央宫柳绿。
荷花似面庞柳叶恰如弯眉,
此情此景怎能使人不落泪?
春风桃李花开的季节过后,
又是秋雨打梧桐叶落之时。
西宫南内杂生着枯萎秋草,
红叶飘落满阶也无人打扫。
梨园弟子头上生出了白发,
椒房的宫女也都容颜苍老。
夜晚宫殿萤飞思念悄悄来,
孤灯点尽君王还不能入睡。
钟鼓迟迟不响秋夜真漫长,
对着星河一直看到大天亮。
鸳鸯瓦上布满寒冷的浓霜,
翡翠被里冰凉谁与我同床?
生死悠悠离别已漫长一年,
连魂魄也不曾来我的梦里。
临邛来的道士客住在长安,
他能以精诚招来死者魂魄。
为了感念君王辗转的思念,
便叫手下方士去殷勤寻觅。
腾云驾雾地飞奔快如闪电,
上天入地四面八方寻觅遍。
向上查看天宫向下查地府,
两处茫茫都不见杨贵妃面。
忽然听说海上有一座仙山,
仙山在虚无缥缈的白云间。
楼阁玲珑隐在五彩云霞里,

楼阁中有许多美丽的天仙。
其中有一个仙子名叫太真,
肌肤如雪貌如花似杨贵妃。
轻扣金阙西厢房的玉石门,
请小玉转告太真侍女双成。
听说汉家天子的使臣来到,
九华帐里贵妃从梦中惊醒。
披衣推开枕头就起身下床,
珍珠帘和银屏风依次打开。
如云的鬓发半偏刚刚睡醒,
花冠不整急急忙忙走下堂。
风吹着她的仙袖飘然飞起,
就好像在跳着霓裳羽衣舞。
美丽容颜寂寞且流满泪水,
好似春天里梨花带着雨珠。
含着无限的深情感谢君王,
自从分别后彼此音信渺茫。
昭阳殿里的恩爱早已断绝,
蓬莱宫中的岁月寂寞漫长。
经常转头向下面遥望人间,
却看不到长安只看到尘雾。
只能用旧物表达一片深情,
请你将钿盒金钗带给君王。
掰开金钗钿盒各分成两半,
金钗留下一股钿盒留一扇。
只要心还像金钿一样坚固,
天上人间终有一日会相见。
临别时又深情地再三嘱咐,
从前的誓言只有两人心知。
那一年七月七日长生殿上,

夜半无人私订的海誓山盟。
在天上愿作双飞的比翼鸟，
在地上愿作并生的连理枝。
天长地久也有穷尽的时候，
这绵绵的遗憾却永无尽期！

点 评

唐玄宗和杨贵妃都是历史人物，但诗人却没有拘泥于历史，而是根据民间传说演化出一个缠绵悱恻、哀婉动人的爱情故事。诗的前半段对唐玄宗的荒淫、沉湎歌舞酒色和杨贵妃的媚上邀宠、恃宠而骄，以及杨家的专政乱政，是予以谴责批判的。白居易清醒地认识到唐玄宗这样耽于美色、荒淫腐朽，必将贻误国家，断送由他亲手缔造的开元盛世。果然"渔阳鼙鼓动地来，惊破《霓裳羽衣曲》"。他们曾为了爱情置国家于不顾，如今国家的危亡也最终毁灭了他们的爱情。"六军不发无奈何，宛转蛾眉马前死"，"君王掩面救不得，回看血泪相和流"，这样哀婉凄美的场面激发了诗人强烈的同情心，因此诗的后半段写唐玄宗对杨贵妃的思念和寻求，就充满着一腔同情。唐玄宗回宫后，晚景十分凄凉，又对杨贵妃苦苦怀念和相思，他所经历的生离死别的痛苦使人们淡忘了他犯下的错误，反而寄予极大的同情。于是，唐玄宗成了一个既被谴责又受同情的人物。这种复杂而又矛盾的思想使此诗具有了一种特殊的艺术魅力，感染了一代又一代人。

扩展阅读

唐宪宗元和元年，白居易、陈鸿和王质夫同游仙游寺，谈起流传的唐玄宗与杨贵妃的故事，约定由白居易把这个故事写成诗，即这首《长恨歌》，而由陈鸿写成小说，就是后来的《长恨歌传》。陈鸿在传文的最后记载了这件事：

元和元年冬十二月，太原白乐天自校书郎尉于盩厔。鸿与琅邪王质夫家于是邑。暇日相携游仙游寺，话及此事，相与感叹。质夫举酒于乐天前曰："夫希代之事，非遇出世之才润色之，则与时消没，不闻于世。乐天深于诗，多于情者也，试为歌之，如何？"乐天因为《长恨歌》。意者不但感其事，亦欲惩尤物，窒乱阶，垂于将来也。歌既成，使鸿传焉。

《长恨歌》成了白居易的得意之作，而《长恨歌传》虽没有使陈鸿的名字更加响亮，却也为后世研究者提供了宝贵的资料。

刘禹锡 二首

刘禹锡（772—842）：字梦得，洛阳（今属河南）人。唐德宗贞元九年（793）进士。因与柳宗元等一起参与王叔文集团的革新活动，失败后，被贬为朗州司马。他为人正直，有骨气，虽长期被贬，也不放弃自己的志向，写了不少揭露社会黑暗、同情民生疾苦的诗作。他和柳宗元、白居易都有很深的友谊，故世称"刘柳"、"刘白"。著名的《陋室铭》也是他的作品。

竹枝词①

杨柳青青江水平，闻郎江上踏歌声②。
东边日出西边雨，道是无晴却有晴③。

【注释】
①竹枝词：是巴渝（今重庆一带）民歌。
②踏歌：唱歌时以脚踏地为节拍。
③晴：双关"情"字。

【译文】

　　杨柳青翠江水平静，
　　岸上传来情郎歌声。
　　东边日出西边落雨，
　　说是无晴却还有晴。

点 评

　　这是一首模仿初恋少女的口吻写出的情歌。少女在杨柳青青、春水方生的美景中，忽然听到了江边传来情郎的歌声，内心充满了喜悦。"东边日出西边雨，道是无晴却有晴"，巧妙地运用了谐音双关，似写天气，实写人心，将恋爱中少女的微妙心理含蓄地表达出来。历代民间情歌常用谐音双关语来表情达意，这种形式深受人们的喜爱。刘禹锡的这首模仿之作，意味隽永，活泼可爱，为人们留下了"东边日出西边雨，道是无晴却有晴"的名句。

扩展阅读

　　双关，是古代诗词中常用的修辞手法，民歌中也很普遍。所谓双关，即诗词中一个字、词或者句子的意思包括两层意思，表面上说的是"这个"，实际上指的是"那个"。南北朝时代的乐府民歌中如《青阳度曲》曰：

　　隐机倚不织，寻得烂漫丝。
　　成匹郎莫断，忆侬经绞时。

　　青荷盖绿水，芙蓉披红鲜。
　　下有并根藕，上生并目莲。

其中"烂漫丝"即指"烂漫思"、"成匹"即指"成匹配"、"芙蓉"即指"夫容"、"藕"即指"偶"、"莲"即指"怜"等。而那时民歌中最富有盛名的是《西洲曲》，其间有"开门郎不至，出门采红莲。采莲南塘秋,莲子过人头。低头弄莲子,莲子清如水"这样几句,脍炙人口,用"莲子"双关"怜子"(即爱你),天真而羞涩之情态,跃然纸上。

今日的四川有一首《高高山上一树槐》的民歌,写道:

> 高高山上一树槐,手攀槐花望郎来。
> 娘问女儿望啥子,我望槐花几时开。

所谓"槐花",即"怀花"的双关,意为"怀春"。少女这种欲说还羞的心情用双关手法来表达,最是巧妙不过。

乌衣巷①

朱雀桥边野草花②,乌衣巷口夕阳斜。
旧时王谢堂前燕③,飞入寻常百姓家。

【注释】
①乌衣巷:是金陵(今南京)城中的一条街,在秦淮河南面,离朱雀桥不远,因为三国时孙吴在此驻兵营,兵士皆穿乌衣,故称"乌衣巷"。东晋时,这里成为贵族居住区,王导和谢安两大家族都聚居于此。
②朱雀桥:秦淮河上的一座桥。
③王谢:指东晋王导、谢安两大豪门世族。

【译文】

朱雀桥边长满野草野花,
乌衣巷口正是夕阳斜照。
昔时王谢豪门的堂前燕,
如今都飞入普通百姓家。

点评

诗写乌衣巷的今昔变化，抒发了诗人对沧海桑田、物是人非的无限感慨。朱雀桥是六朝时极为繁华的交通要道，现在却长满了不知名的小花；乌衣巷本是东晋时期王、谢等豪门贵族的府第所在，如今却笼罩在苍凉的落日余晖中，变成了萧瑟、荒凉的历史陈迹。"旧时王谢堂前燕，飞入寻常百姓家"，用燕子归巢点明王、谢豪门已不复存在，乌衣巷里已居住着普通百姓人家了。燕子有栖息旧巢的特点，这里用"旧时燕"作为见证人，来证明历史盛衰兴替的道理。这两句诗包含着深厚的哲理意味，启人思索。

扩展阅读

关于"乌衣巷"这个名称的由来，还有一个小故事，据《古今事文类聚》载：

> 唐王榭，居金陵，以航海为业。遇风舟破，榭附一板抵一洲。见翁媪皆皂服，曰："此吾主人郎也。"引至宫室，见王坐大殿，左右皆妇人。王皂袍乌冠，金花闪闪。翁以女妻榭，榭问女曰："此国何名？"曰："乌衣国也。"王召宴于宝墨殿，器皿俱黑，命玄玉杯劝榭曰："入吾国，汉有梅成，今有足下。"王命作诗，卒章云："恨不此身生羽翼。"王曰："虽不能与君生羽翼，亦可令君跨烟雾。"宴归，女曰："君诗尾句何相讥也。"王不悦，遣人曰："某日当回。"女取灵丹，以昆仑玉盒盛之。遣榭曰："此丹可召人神魂，死未踰月者，可使更生。"王命取飞云轩，既至，乃乌毡凳子耳。令榭入其中，闭目少息，已至其家。梁上双燕呢喃，下视榭，乃悟所上燕子国也。至秋，二燕将去，悲鸣庭户。榭书一绝系燕尾，曰："误到华胥国里来，玉人终日苦怜才。云轩飘去

无消息,泪洒春风几百回。"来春燕至,尾有小束,乃所寄诗,曰:"昔日相逢冥数合,如今睽远是生离。来春纵有相思字,三月天南无雁飞。"明年燕果不来。

上面的记载只是故事而已,并非"乌衣巷"得名的真正原因,但它却为这个古老的历史遗迹增添了一抹神秘的色彩。

崔护一首

崔护（生卒年不详）：字殷功，博陵（今河北安平）人。贞元十二年（796）中进士。《题都城南庄》是他的名作，后来许多戏剧都取材于此。

题都城南庄[①]

去年今日此门中，人面桃花相映红[②]。
人面不知何处去，桃花依旧笑春风[③]。

【注释】
①都城：指唐朝都城长安。
②人面：人的脸庞。
③笑春风：形容桃花在春风中怒放的样子。

【译文】

去年的今天也在这个院门里,
姑娘的脸庞和桃花相互辉映。
如今门中姑娘不知去了哪里,
只有桃花依旧在春风中盛开。

点评

　　这是一首情真意切的抒情诗。崔护考进士未中，清明节独游长安城郊南庄，走到一处桃花盛开的农家门前，一位秀美的姑娘出来热情接待了他，彼此留下了难忘的印象。第二年清明节再来时，院门紧闭，姑娘不知在何处，只有桃花依旧迎着春风盛开，于是他在院门上写下了这首诗留给姑娘。诗的开头两句是追忆，"去年今日此门中"，点出时间和地点，写得非常具体，足见这个时间和地点，在诗人心中留下了多么深刻难忘的印象。第二句写人，"人面"与桃花在春风中相互辉映，显得分外红艳，姑娘的神采美貌如在目前。三、四两句写今年今日，桃花依旧，人面不见。正是这种相互交织、相互影响的心情，越发加剧了眼前的惆怅与寂寞。全诗自然浑成，清新醇美，令人回味不尽。

扩展阅读

　　关于这首诗的来历，《本事诗》中还有一个曲折有趣的故事：
　　博陵崔护，姿质甚美，而孤洁寡合。举进士下第，清明日，独游都城南。得居人庄，一亩之宫，而花木丛萃，寂若无人。扣门久之，有女子自门隙窥之，问曰："谁耶？"以姓字对曰："寻春独行，酒渴求饮。"女入，以杯水至，开门设床，命坐。独倚小桃斜柯伫立，而意属殊厚，妖姿媚态，绰有余妍。崔以言挑之，不对，目注者久之。崔辞去，送至门，如不胜情而入，崔亦睇盼而归，嗣后绝不复至。及来岁清明日，忽思之，情不可抑，径往寻之。门墙如故，而已锁扃之，因题诗于左扉曰："去年今日此门中，人面桃花相映红。人面只今何处去，桃花依旧笑春风。"后数日，偶至都城南，复往寻之。闻其中有哭声，扣门问之，有老父出曰："君非崔护邪?"曰:"是也。"又哭曰:"君杀吾女。"护惊起,莫知所答。老父曰:"吾女笄年知书,未适人。自去年以来,常恍惚若有所失。比日与之出,及归,见左扉有字,读之,入门而病,遂绝食数日而死。吾老矣,此女所以不嫁者,将求君子以托吾身。今不幸而殒,得非君杀之耶?"又特大哭,崔亦感恸,请入哭之。尚俨然在床,崔举其首,枕其股,哭而祝曰:"某在斯,某在斯。"须臾,开目,半日复活矣。父大喜,遂以女归之。

女子因崔护而死,又为崔护复生,这种因情而死又因情复生的事,明代的汤显祖在《牡丹亭》中说得最为透彻,他说:"情不知所起,一往而深。生者可以死,死可以生。生而不可与死,死而不可复生者,皆非情之至也。"

柳宗元 二首

柳宗元（773—819）：字子厚，河东（今山西永济）人。贞元九年（793）中进士。他和刘禹锡等人都参与了王叔文集团的政治革新运动，失败后被贬为永州司马，后调为柳州刺史，死于柳州，世称"柳柳州"或"柳河东"。他是唐代杰出的散文家和诗人，散文与韩愈齐名，世称"韩柳"，是唐宋八大家之一；诗歌与韦应物齐名，并称"韦柳"。

渔翁

渔翁夜傍西岩宿①，晓汲清湘燃楚竹②。
烟销日出不见人，欸乃一声山水绿③。
回看天际下中流，岩上无心云相逐。

【注释】

① 傍：靠着。　西岩：即西山，在永州城外湘江的西岸。

② 汲：打水。　清湘：清澈的湘水。

③ 欸乃（ǎinǎi）：摇橹声。

【译文】

渔翁夜晚依傍在西山岩石下歇宿,
清晨他汲取清凉的湘水燃起楚竹。
烟雾消散太阳出来已不见他身影,
只听到欸乃的橹声山水一片碧绿。
回头看渔船已在天尽头顺流急下,
只有无心的白云在岩上互相追逐。

点 评

唐永贞年间,柳宗元参与了王叔文政治集团的改革,失败后被贬为永州司马。永州僻处湘南一隅,司马又是个闲职,不得过问吏治,因此柳宗元一直心情抑郁,无奈之时,他只能寄情于山水之间,聊遣愁怀。这一时期,他写出了许多极为优秀的山水游记和山水诗,这首《渔翁》便是其中之一。

诗的前两句写傍晚和早晨。渔翁夜晚在西岩下歇宿,清晨起来,打水生火煮饭,这些日常生活中的琐事,却因为"清湘"、"楚竹"这两个词而有了一种超凡脱俗的美感。清澈的湘江水,楚地的斑竹枝,本来已经积淀了许多浪漫的神话传说和高洁美好的情感,这"汲清湘"、"燃楚竹"的生活又显出一种远离污浊的尘世,与大自然的青山绿水融为一体的情趣。"烟销日出不见人",忽然"欸乃一声"人已在远方青山绿水之中了。在这里老渔翁的形象始终是模糊的,留给我们的总是他的背影。可是这欸乃的桨声打破了山水的清寂,给这绿色注入了生活的气息。结尾两句,写江流滚滚,白云悠悠,更显出一种平淡悠远的意境,这正是老渔翁心态的写照。

《渔翁》中这种与自然山水融合为一的生活,其实是柳宗元所向往的理想的生活状态,正因为它是一种理想,滤去了现实生活中的种种痛苦和悲哀,因此才显得这样清丽脱俗,具有如此长久的艺术魅力。

扩展阅读

　　诗中的"楚竹"指的就是"斑竹",关于"斑竹"有一个美丽的传说。据《史记·五帝本纪》载:"舜南巡狩,崩于苍梧之野,葬于江南九嶷。"九嶷山位于今湖南省的南部,在宁远县境内,又名苍梧山。传说舜是中华民族的始祖之一,号有虞氏,因其德才突出,尧将帝位禅让给他。舜为黎民百姓过度操劳,积劳成疾而死,她的妃子娥皇、女英听到噩耗后便来寻找,她们日夜不停地哭泣,眼泪洒在竹子上,留下斑斑泪迹,由此有了斑竹,又名湘妃竹。九嶷山一带的人民非常怀念舜,为他修陵筑庙,隆重祭祀。

江雪

千山鸟飞绝①,万径人踪灭②。
孤舟蓑笠翁③,独钓寒江雪。

【注释】

①绝:绝迹。
②径:小路。 踪:脚印。
③蓑笠翁:穿着蓑衣戴着斗笠的渔翁。

【译文】

千山万岭看不到一只飞鸟,
大路小道行人的踪迹断绝。
一孤舟上披蓑戴笠的老翁,
独自顶风冒雪在寒江垂钓。

点 评

　　这首五言绝句与前一首《渔翁》都作于诗人谪居永州期间。诗歌借助歌咏隐居山水的渔翁,来寄托自己清高孤傲的情怀,抒发自己遭受迫害被贬的抑郁悲愤之情。全诗用简单而细腻的语言描绘出了一幅寒江雪钓图:千山万径都没有人烟鸟迹,天地间只有孤独的渔翁在雪中垂钓。诗人轻描淡抹,渲染出了一个洁静纯美的世界。头两句"千山鸟飞绝,万径人踪灭"描写雪景,"千山"、"万径"都是夸张语。山中本应有鸟,路上本应有人,却

"鸟飞绝"、"人踪灭"。诗人用飞鸟远遁、行人绝迹的景象渲染出一个荒寒寂寞的境界。三、四句"孤舟蓑笠翁，独钓寒江雪"，刻画了一个寒江独钓的渔翁形象。在漫天大雪、几乎没有任何生命的地方，有一条孤单的小船，船上有位渔翁，身披蓑衣，独自在大雪纷飞的江面上垂钓。这个渔翁的形象显然是诗人自身的写照，曲折地表达了诗人在政治改革失败后，虽处境孤独，但顽强不屈、凛然无畏、傲然清高的精神面貌。

扩展阅读

柳宗元才华横溢却遭贬谪，心中十分苦闷，他曾在与杨诲之的信中自述道：吾年十七，求进士，四年乃得举。二十四求博学宏词，二年乃得仕。及为蓝田尉，走谒六官堂下，与卒伍为列，益学老子，和光同尘，虽自以为得，然已得号为轻薄人矣。及为御史、郎官，自以登朝廷利害益大，虽戒砺益切，卒不免为连累废逐。

《唐诗纪事》中还记载了一首柳宗元戏题种柳的诗：

> 柳州柳刺史，种柳柳江边。谈笑为故事，推移成昔年。垂阴当覆地，耸干会参天。好作思人树，惭无惠化传。

柳宗元仕途坎坷，先是被贬为永州司马，后又迁为柳州刺史，最后死于柳州。他虽然在政治上的抱负不得施展，但在文学史上却是一位令人景仰的大家，为中国文学留下了许多不朽的名篇。

元稹 一首

元稹(zhěn)(779—831):字微之,河内(今河南洛阳)人。开始因敢于言事,得罪宦官被贬,后入朝,官职不断升迁,入为翰林学士。穆宗长庆时,与裴度同时拜相。元稹诗与白居易齐名,世称"元白",是新乐府运动的倡导者。

行宫①

寥落古行宫②,宫花寂寞红。
白头宫女在,闲坐说玄宗③。

【注释】
①行宫:古代皇帝出行时居住的宫殿。
②寥落:冷落、萧条。
③说玄宗:指谈说玄宗时代的事情。

【译文】

古行宫早已荒凉落寞，
宫中的红花寂寞开放。
白发的宫女都还健在，
闲坐无事常聊唐玄宗。

点 评

　　诗歌描绘了一个荒废的行宫冷清寂寞的景象，此时正是春天，宫中红花盛开，几个白头宫女正闲坐回忆、谈论天宝遗事。这些宫女都是天宝末年进宫而幸存下来的老宫女，她们当年都是花容月貌、娇姿艳质，却被禁锢在这冷落的古行宫中无端虚耗青春，丧失了一切天伦之乐。年复一年，青春消逝，在这与世隔绝的古行宫中，生活寂寞无聊，闲谈成了她们唯一的消遣，封闭的行宫使她们对外界的事情所知不多，所以就反复回顾着天宝时代玄宗的故事。诗中揭露了统治者的残忍，也对宫女寄予了深深的同情，饱含着诗人凭吊古今的无限感慨。

扩展阅读

　　宫廷中的生活是极其寂寞的，尤其是处在权力最下层的宫女，命运大多十分悲惨。一入宫门深似海，她们几乎没有出头之日。最终耗尽青春、老死宫中，是她们普遍的命运。但也有皇帝大发慈悲，将宫女放归民间。唐玄宗就曾放出宫女数千人。《古今合璧事类备要前集》记载了一则宫女放归、喜结良缘的故事：

　　唐僖宗时，于祐于御沟拾一红叶，题诗云："流水何太急，深宫尽日闲。殷勤谢红叶，好去到人间。"祐题一叶云："曾闻叶上题红怨，叶上题诗寄阿谁。"沟逆流为宫女韩夫人拾之。后祐托韩泳门馆，因帝放宫中三千人，泳以韩夫人有同姓之亲，作伐嫁祐，及成礼，各于笥中取红叶相示，乃曰："事岂偶然，莫非前定也。"一日泳开宴，馆于韩曰："子二人今日可谢媒人也。"韩氏笑答曰："一联佳句随流水，十载幽思满素怀。今日却成鸾凤友，方知红叶是良媒。"泳笑曰："吾今知天下事，无偶然得者也。"

一片红叶做大媒，说来也真够离奇的。但幸运如韩夫人的宫女怕也不多，不然宫中也不会有那么多的悲剧发生了。

张祜 一首

张祜(约792—约854):字承吉,祖籍南阳(今河南邓县),寓居姑苏(今江苏苏州)。早年浪迹江湖,狂放不羁,屡考进士不中。他以诗名重于当时,白居易、令狐楚、杜牧都很赏识他。晚年隐居丹阳而终。

题金陵渡①

金陵津渡小山楼②,一宿行人自可愁。
潮落夜江斜月里,两三星火是瓜州③。

【注释】
①金陵渡:江苏镇江边的一个渡口。
②小山楼:诗人投宿的地方。
③瓜州:又作瓜洲,在江苏邗江南部,与镇江隔江相望,是南北水运的要冲。

【译文】

金陵渡口边有一座小山楼,
只住一夜也有一番客旅愁。
夜晚潮落斜月倒映江水中,
对岸星火点点处便是瓜州。

点 评

这是张祜漫游江南时写的一首小诗。抒发诗人在旅途中的愁思,表现了诗人心中的寂寞。"金陵津渡小山楼,一宿行人自可愁"首句点题,写诗人在镇江金陵渡口边的小山楼住宿,一夜辗转难眠,伫立在小山楼上眺望夜江,偶见江上清丽的夜色。"潮落夜江斜月里,两三星火是瓜州",天边月已西斜,江上寒潮初落。那两三星火与斜月、夜江明暗相衬,融为一体,情景如在眼前。画面清丽宜人,但却难免有孤寂之感。有人认为这首诗是作者至京求官不遂后所作,寄寓怀才不遇、落拓失意之情,也有人认为是写乡愁情思的。无论如何,境界都是一样的清美宁静。

扩展阅读

张祜有一首《宫词》很有名,诗云:

故国三千里,深宫二十年。

一声《何满子》,双泪落君前!

张祜因此诗而得名,据《诗话总龟》记载:

张祜诗云:"故国三千里,深宫二十年。"杜牧赏之,作诗云:"可怜故国三千里,虚唱歌词满六宫。"故郑谷云:"张生'故国三千里',知者唯应杜紫微。"诸贤品题如是,祜之诗名安得不重乎?其后有"解道澄江静如练,世间唯有谢玄晖""解道江南断肠句,世间唯有贺方回"等语,皆祖其意也。

唐朝人士,以诗名者甚众,往往因一篇之善,一句之工,名公先达为之游谈延誉,遂至声闻四驰。"曲终人不见,江上数峰青",钱起以是得名;"故国三千里,深宫二十年",张祜以是得名;"微云淡河汉,疏雨滴梧桐",孟浩然以是得名;"兵卫森画戟,宴寝凝清香",韦应物以是得名;"野火烧不尽,春风吹又生",白居易以是得名;"敲门风动竹,疑是故人来",李益以是得名;"鸟宿池边树,僧敲月下门",贾岛以是得名;"画栋朝飞南浦云,珠帘暮卷西山雨",王勃以是得名;"马蹄隐耳声隆隆,入门下马气如虹",李贺以是得名。然观各人诗集,平平处甚多,岂皆如此句哉?古人尝谓尝鼎一脔,可以尽知其味,恐未必然尔。杜子美云"为人性僻耽佳句,语不惊人死不休",则是凡子美胸中流出者,无非惊人之语矣。读其集者,当知此言不妄,殆非前数公之可比伦也。

古人往往以一首诗或者诗中的一句而知名,但距离诗歌大家还很远,只有像杜甫这样多惊人之语,才能最终奠定自己崇高的地位。

杜牧 三首

杜牧（803—853）：字牧之，京兆万年（今陕西西安）人。他是中唐宰相杜佑的孙子，文宗大和二年（828）进士。他关心国家治乱得失，有比较进步的政治思想。是晚唐诗歌大家，与李商隐并称"小李杜"，同时又是著名散文家，《阿房宫赋》就是他的散文名篇。

江南春

千里莺啼绿映红，水村山郭酒旗风。
南朝四百八十寺①，多少楼台烟雨中。

【注释】
①四百八十寺：这是个约数，并非实指。南朝帝王和贵族多好佛，全国大造佛寺，仅都城建康（今南京）一带就有佛寺500余所。

【译文】

千里江南莺歌燕语柳绿花红,
依水村庄傍山城郭酒旗飞舞。
南朝以来的四百八十座佛寺,
多少楼台迷濛在如烟细雨中。

点评

美丽的江南春色是历代诗人争相吟咏的对象,这首《江南春》素负盛名,它既写出了江南春色的丰富多彩,又写出了它的广阔、迷离。"千里莺啼绿映红,水村山郭酒旗风",是典型的江南春光,莺歌燕语、绿树红花、水村山郭、酒旗招展,描绘了一幅绝妙的图画。在这幅图画中,还有"南朝四百八十寺"朦胧在迷濛烟雨中。烟雨为江南春色增添了诗意,而这"四百八十寺"却又点染出一层历史的色彩。南朝统治者佞佛,大兴佛寺是他们政治腐败的一端。而杜牧生活的时代,统治者对佛也是推崇备至。在这里,杜牧提出南朝兴建的"四百八十寺"似有所指,蕴含了诗人吊古伤今的感慨。

扩展阅读

南朝是很重视佛教的,梁代的郭祖深说:"都下佛寺五百余所,穷极宏丽,僧尼十余万,资产丰沃,所在郡县,不可胜言。"这一切造成的结果,正如韩愈《论佛骨表》中所说的:

> 宋、齐、梁、陈、元魏以下,事佛渐谨、年代尤促。惟梁武帝在位四十八年,前后三度舍身施佛。宗庙之祭,不用牲牢,昼日一食,止于菜果,其后竟为侯景所逼,饿死台城,国亦寻灭。事佛求福,乃更得祸。

而韦庄的《台城》诗曰:"江雨霏霏江草齐,六朝如梦鸟空啼。无情最是台城柳,依旧烟笼十里堤。"这与杜牧的"多少楼台烟雨中"有异曲同工之妙。

泊秦淮①

烟笼寒水月笼沙,夜泊秦淮近酒家。
商女不知亡国恨②,隔江犹唱后庭花③。

【注释】
①秦淮:即秦淮河,它穿过金陵(今南京),汇入长江。
②商女:卖唱为生的歌女。
③江:指秦淮河。　后庭花:即乐曲《玉树后庭花》。是南朝末代皇帝陈后主所作,史载他整日与嫔妃饮酒作乐,不理朝政,终至亡国。后世遂以此曲为亡国之音。

【译文】
烟雾笼罩着寒冷的河水月光铺满沙滩,
夜晚将船停泊在秦淮河畔靠近酒家处。
卖唱的歌女又哪里会懂得亡国的恨事,
隔着江水还依旧唱着那首玉树后庭花。

点评

　　此诗写诗人乘船夜泊秦淮河的所见所闻,抒发了感时伤世的情怀。建康是六朝都城,是所谓的"金粉之地",秦淮河又是这个金粉地带中豪富权贵们寻欢作乐的场所。河两岸酒家林立,千百年来,一如既往的声色歌舞、纸醉金迷。首句写景,烟水迷濛、月照白沙的景色营造了一个凄清哀伤而又柔和幽静的氛围。接着写夜晚将船停泊在秦淮河畔,因其靠近酒家,所以诗人听到了商女"犹唱后庭花"。商女固然是不懂这亡国的靡靡之音,那么来此寻欢作乐的听客呢?那些贵族、官僚,难道他们也忘了南朝灭亡的教训吗?此时的唐朝已渐趋衰微,而达官贵人们还沉湎于酒色歌舞,头脑清醒的诗人又怎能不忧虑痛心呢?

扩展阅读

　　《阿房宫赋》是杜牧的名作,千百年来传诵不绝。据《古今说海》记载:

> 东坡在玉堂,一日,读杜牧之《阿房宫赋》,凡数遍,每读彻一遍,即再三咨嗟叹息,至夜分犹不寐。有二老兵,皆陕人,给事左右,坐久,甚苦之。一人长叹,操西音曰:"知他有甚好处?夜久寒甚,不肯睡,连作冤苦声。"其一曰:"也有两句好。"其人大怒曰:"你又理会得甚底?"对曰:"我爱他道:'天下人不敢言而敢怒。'"叔党卧而闻之,明日以告,东坡大笑曰:"这汉子也有鉴识。"

老兵亦能随口吟诵,足见其流传之广。

秋夕

银烛秋光冷画屏,轻罗小扇扑流萤。
天阶夜色凉如水①,卧看牵牛织女星。

【注释】
①天阶:皇宫里的台阶。

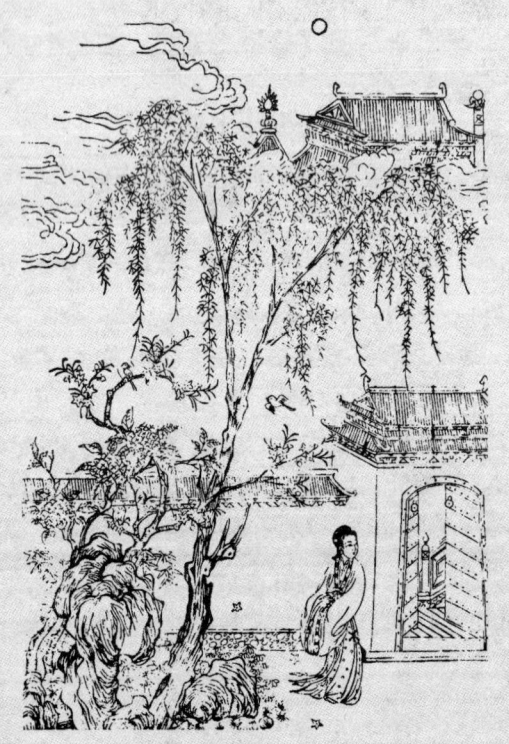

【译文】

银烛秋夜发出寒光照着画屏,
轻巧的丝罗小扇扑打着流萤。
皇宫台阶上的夜色冰凉如水,
卧看天上神秘的牵牛织女星。

点评

诗中写的是一个被冷落的宫女孤独寂寞的生活和她凄凉无奈的心情。一个秋天的夜晚,惨淡的烛光照在画屏上,发出幽冷的光,一个孤独的宫女正用小扇扑打着飞来飞去的萤火虫。这不单是宫女活泼情态的表现,更是对百无聊赖的生活的排遣。宫女手中的轻罗小扇本来是夏天纳凉用的,秋天就会被搁置起来,古诗常用秋扇来比喻弃妇,这里象征着宫女被遗弃的命运。"天阶夜色凉如水"说明夜已深沉,该回屋休息了,然而她毫无睡意,仍在"卧看牵牛织女星",既有哀怨,又充满了对爱情的向往和期待。

扩展阅读

相传汉成帝的妃子班婕妤贤而能文,深得成帝宠爱。后来被赵飞燕姐妹谗毁,失宠住在长信宫,写了一首《怨歌行》:

新裂齐纨素,皎洁如霜雪。
裁为合欢扇,团团似明月。
出入君怀袖,动摇微风发。
常恐秋节至,凉飙夺炎热。
弃捐箧笥中,恩情中道绝。

王昌龄也有一首《长信怨》:

奉帚平明金殿开,且将团扇共徘徊。
玉颜不及寒鸦色,犹带昭阳日影来。

王建亦有一首词《宫中调笑》：

> 团扇，团扇。美人病来遮面。玉颜憔悴三年，谁复商量管弦。弦管，弦管。春草昭阳路断。

这些诗词中的"团扇"都是用来比喻弃妇和失宠女子的，大概都源于班婕妤的故事，后世常常将团扇、秋扇与失宠女子联系起来，抒写她们孤寂、哀怨的生活。

陈陶 一首

陈陶（约803—约879）：字嵩伯，长江以北人。考进士不中，南游江南、岭南。宣宗大中三年（849），隐居洪州西山，以读书、种兰、吟诗、饮酒为乐。南唐也有一个陈陶，常被人混为一谈。

陇西行①

誓扫匈奴不顾身，五千貂锦丧胡尘②。
可怜无定河边骨③，犹是春闺梦里人。

【注释】
①陇西行：乐府旧题，属《相和歌词》。
②貂锦：汉代的羽林军着貂锦衣。此处借指出征将士。
③无定河：在陕西境内，至清涧汇入黄河。

【译文】

发誓要彻底扫除匈奴奋不顾身,
五千将士与胡人激战全部丧生。
可怜无定河边将士的累累白骨,
还是春闺思妇们梦里活着的人。

点评

《陇西行》共四首,这是第二首。此诗反映了唐代长期的边塞战争给人民带来的痛苦和灾难,赞美了将士们英勇无畏的精神,对深闺中妻子们的遭遇深表同情。全诗含义深刻,感人至深。首句用"誓扫匈奴不顾身",表现了将士们在大敌当前的情况下一往无前的英雄气概与义无反顾的誓死决心。次句"五千貂锦丧胡尘"写尽管从军将士如此英勇,但还是遭到全军覆没的厄运。三、四句转写发生在家庭中的悲剧。"无定河边骨",表明丈夫早已战死;"春闺梦里人",是说妻子不知道丈夫已经战死,依然做着盼归团圆的好梦。以"无定河边骨"与"春闺梦里人"比照,诗情凄楚,吟来令人潸然泪下。

扩展阅读

《后汉书·南匈奴列传》云:

> 父战于前,子死于后。弱女乘于亭障,孤儿号于道路。老母寡妻设虚祭,饮泣泪,想望归魂于沙漠之表,岂不哀哉。

中国的古代史几乎是一部战争史,长年的征战造成了数不清的家庭悲剧,陈陶的这首诗便是对这一悲剧的深刻反映。据《五代诗话》载:

> 世传陈陶诗数百篇,间有佳语,如"中原不是无麟凤,自是皇家结网疏"、"可怜无定河边骨,犹是春闺梦里人"之类,人多传诵之。龙衮《江南野录》为陶传,称其得道不死,开宝间,犹无恙。然唐末人曹松、方干之徒,皆有哭陶诗,则陶之死久矣,不知衮何所据乎?陶见于唐末,而集中乃有赠高闲歌,若尔,亦自当年百余岁。唐诗人如刘商亦传为仙去,固不可知,但既有哭之人,则知其死不诬耳。

人岂有不死的,只是人们的美好愿望罢了。

李商隐 二首

李商隐（813—858）：字义山，号玉谿生，怀州河内（今河南沁阳）人。开成二年（837）中进士，他被动地陷入党争的漩涡，一生都在牛李两党的夹缝中度过，处处受到排挤，终生困顿，郁郁不得志，后死于荥阳。他与杜牧同为晚唐最著名的诗人，人称"小李杜"，尤其擅长抒写爱情和伤春离别的情绪。

无题

相见时难别亦难，东风无力百花残①。
春蚕到死丝方尽②，蜡炬成灰泪始干③。
晓镜但愁云鬓改④，夜吟应觉月光寒。
蓬山此去无多路⑤，青鸟殷勤为探看⑥。

【注释】

①东风:春风。
②丝:与"思"谐音,形容相思之苦。
③蜡炬:蜡烛。 泪:烛泪。此处暗指相思之泪。
④云鬓:形容女子鬓发美丽如云。这里代指青春。
⑤蓬山:传说中的蓬莱仙山,代指女子所居之处。
⑥青鸟:传说中西王母的信使,后来代指传递消息的使者。

【译文】

相见难得分别时就更难割舍,
东风无力百花凋残倍添伤感。
春蚕到死才吐尽最后一根丝,
蜡炬烧成了灰蜡油才算滴干。
早晨照镜时为鬓发变白忧愁,
夜晚吟诗月光寒冷心境凄惨。
好在此去蓬山没有多少道路,
青鸟会经常传信去把你探望。

点 评

诗中将离别相思的痛苦写得深沉而朦胧,令人黯然销魂。前两句的两个"难"字将诗人与其恋人在暮春伤别时的一片深情和盘托出,相见不易,生离更加难分难舍。"东风无力百花残"又为离别渲染了哀伤的氛围。"春蚕到死丝方尽,蜡炬成灰泪始干"是真挚的爱情誓言,将柔肠寸断的相思和至死不渝的爱情表达得淋漓尽致。接着又设想恋人也正遭受着与自己一样的相思之苦,表达了对恋人的关切和体贴。最后是对恋人的叮咛和安慰,请青鸟作为信使,经常替自己去探望所爱之人。

扩展阅读

　　青鸟,是神话传说中为西王母取食送信的神鸟。《艺文类聚》引《汉武故事》曰:

　　　　七月七日,上(汉武帝)于承华殿斋,正中,忽有一青鸟从西方来,集殿前。上问东方朔,朔曰:"此西王母欲来也。"有顷,王母至,有二青鸟如乌,挟侍王母旁。

古时的人们赋予了很多鸟以特殊的含义:如精卫鸟,传说是溺死在海中的炎帝的女儿化身而成,日衔西山木石以填海,至死不倦。又如杜鹃,相传是蜀帝杜宇死后所化,蜀人闻其鸣,则思之,故名之曰"杜宇",或曰"望帝"。

夜雨寄北①

君问归期未有期②,巴山夜雨涨秋池③。
何当共剪西窗烛④,却话巴山夜雨时⑤。

【注释】
①北:指远在北方的妻子。
②君:指妻子。
③巴山:又名大巴山、巴岭,泛指巴蜀一带。
④何当:何时。 剪烛:剪去烧残的烛心,使烛明亮。
⑤却话:回过头来谈过去的事情。

【译文】

你问我归期我也不知道归期,
巴山的夜雨涨满秋天的池塘。
何时能与你西窗下剪烛谈心,
说起现在巴山夜雨的情景呢。

点评

　　这首诗是作者宦游巴蜀时寄给远在长安的妻子的。诗的首句以一问一答的方式写出了妻子盼归而自己不得归的无奈与失望，二句写眼前景，巴山夜雨，秋池涨满，诗人思归的愁绪与秋雨交织在一起，愈化愈深。"何当共剪西窗烛"由眼前景展开想象，由今日异地的思念跳跃到将来相会的设想，憧憬着重逢的欢乐。"却话巴山夜雨时"又从将来的聚谈再现眼前的客愁。这种回环往复的写法，使抒情更加委婉曲折、含蓄隽永，令人回味无穷。

扩展阅读

　　李商隐年轻时被令狐楚赏识，并因其子令狐绹的举荐而登进士第，因此令狐氏对他有知遇之恩。后来，王茂元将女儿嫁给李商隐，于是他又与王氏有了姻亲关系。令狐楚是牛党要员，王茂元却属李党，当时牛、李党争十分激烈，李商隐被迫糊里糊涂地卷入了党争的漩涡之中。据《诗话总龟》：

　　　　李商隐依彭阳令狐楚，以笺奏受知，后其子绹有韦平之拜，浸疏商隐，重阳日，义山造其厅，事属题云："十年泉下无消息，九日樽前有所思。郎君位重施行马，东阁无因得再窥。"绹见惭恨，扃闭此厅，终身不处。

此处的记载恐不属实，即使真有其事，令狐绹曾诋毁李商隐"忘家恩，放利偷合"，难道会为他的一首诗而改变自己的立场？无论如何，李商隐确实成了这场党争的牺牲品，一生仕途坎坷，郁郁不得志。

曹松 一首

曹松（约830—?）：字梦征，舒州（今安徽潜山）人。他早年生活穷困，曾依建州刺史李频，李频死后，他遂流落江湖。天复元年（901）才考中进士，当时已经七十多岁了。

己亥岁①

泽国江山入战图②，生民何计乐樵苏③。
凭君莫话封侯事④，一将功成万骨枯。

【注释】
①己亥：古代干支纪年，指唐僖宗乾符六年，即公元879年。
②泽国：江淮一带河流湖泊很多，故称。
③乐樵苏：意为安居乐业。打柴为樵，割草为苏。
④凭君：请您。 封侯事：指通过建立战功而封侯的事。

【译文】

　　江淮一带的河山都被划入了作战地图,
百姓想平安打柴割草度日也不能如愿。
请您再也不要谈论拜将封侯的事情了,
万千军民白骨才换来一个将军的军功。

点 评

唐僖宗乾符六年（即己亥岁），镇海节度使高骈以在淮南镇压黄巢起义军的"功绩"，受到封赏，这首诗说的就是这件事。首句不直说战乱殃及江汉流域，而只说这一片河山都已绘入战图，让读者通过一幅"战图"，想象到兵荒马乱的现实。樵苏生计本来艰辛，无乐可言，然而，对于流离失所、挣扎在生死线上的"生民"来说，能平平安安打柴割草度日，也就很快乐了。只可惜这种樵苏之乐，今亦不可复得。用"乐"字反衬"生民"的不堪其苦，耐人寻味。"凭君莫话封侯事，一将功成万骨枯"，将"一"与"万"，"成"与"枯"鲜明对比，触目惊心，精警有力，深刻揭示了将军以万千生命换取军功的可憎现实，讽刺得极为尖锐、深刻，具有很强的典型性。

扩展阅读

曹松一生坎坷，直到七十多岁才中进士。《全闽诗话》记载：

> 天复元年，杜德祥榜放，曹松、王希羽、刘象、柯崇、郑希颜等及第，时上新平内难，闻放新进士，喜甚。诏选中有孤贫之人，宜令以名闻，特敕授官，故德祥以松等塞诏，各授校正。制略曰："念尔登科之际，当予反正之年，宜降异恩，各膺宠命。"松，舒州人；希羽，歙州人；甲子皆七十余。象，京兆人；崇、希颜，闽人。皆以诗卷及第，亦俱年逾耳顺，时号"五老榜"。

科举制度是中国历史上选拔官员的一种基本制度。它创始于隋朝，确立于唐朝，完备于宋朝，兴盛于明、清两朝，废除于清朝末年，历经隋、唐、宋、元、明、清六朝，绵延存在了1300年。科举制度曾经是历史的一大进步，它为平民百姓提供了一个公平竞争的平台和机会。隋唐以后，几乎每一位知识分子都与科举考试结下了不解之缘，从未参加过科举考试的人只是极少数。但它从一开始就带着固有的弊端，男孩子从发蒙识字开始就要把科举考试当作自己的人生目标，并将为此度过漫长的年月。唐代有一种流行的说法叫"五十少进士"，意思是五十岁考上进士还算年轻，可见很多知识分子为科举付出了终生的代价。但有人考了一生，直到死也没有考中，无数个人和家庭的悲剧都源于此。也有人经过多年的奋斗终于得中，却已白发苍苍，就像曹松。《范进中举》和《孔乙己》都是反映科举制度害人的优秀作品。

韦庄 一首

韦庄（约836—910）：字端己，京兆杜陵（今陕西西安）人，是中唐诗人韦应物的四世孙。他少年孤贫，才敏过人，但屡试不第，昭宗乾宁元年（894）才中进士。他的诗多反映怀古伤世、离别感旧的情绪。他又擅长作词，与温庭筠同为"花间派"的鼻祖。

台城①

江雨霏霏江草齐②，六朝如梦鸟空啼③。
无情最是台城柳，依旧烟笼十里堤。

【注释】

①台城：六朝国都建业的旧址，在今南京玄武湖旁，与鸡鸣山相接。
②霏霏：雨很细密的样子。
③六朝：指东吴、东晋和宋、齐、梁、陈四朝，由于都建都金陵，所以合称六朝。

【译文】

江上飘着细雨江边青草生得很齐,
六朝如梦幻般逝去只有鸟在空啼。
要数台城江边上的杨柳最是无情,
依旧还美丽如烟笼罩着十里长堤。

点 评

　　这是一首题画诗，诗人看了描写六朝史事的画作后，有感于心，于是写下了这首凭吊六朝古迹的诗。诗人没有正面描绘台城，而是用霏霏的江雨、凄迷的烟柳和寂寞的啼鸟营造了一种凄凉的氛围。曾经是繁华之地的台城如今已经变成了供人凭吊的历史遗迹，而那些曾经在台城中寻欢作乐的六朝统治者也早已灰飞烟灭。三百多年里六个王朝次第覆亡，这种倏忽而来、倏忽而去的朝代更迭，就像是做了一场梦，使人心生无限感慨。"无情最是台城柳，依旧烟笼十里堤"，这些春风中摇曳的杨柳曾经装点过台城的繁华，而今如梦似幻的六朝已经覆亡了，它还依旧生机勃勃，笼罩着十里长堤。杨柳无情，因为它不解人间兴亡事，但人有情，诗人眼看唐王朝奄奄一息，就要重演六朝的悲剧，怎能不痛心疾首，怅惘悲叹呢！

扩展阅读

　　东吴、东晋、宋、齐、梁、陈是南朝六个短命的王朝，均建都于金陵，后代诗人常常感念它昔日的繁华，抒发吊古伤今的情怀。略早于韦庄的诗人高蟾曾写过一首《金陵晚望》：

　　曾伴浮云归晚翠，犹陪落日泛秋声。
　　世间无限丹青手，一片伤心画不成。

后来韦庄看到了这首诗，加之刚刚看完六幅南朝故事的彩绘，心中感慨万千，于是，提笔写下了《金陵图》一诗：

　　谁谓伤心画不成，画人心逐世人情。
　　君看六幅南朝事，老木寒云满故城。

这首《金陵图》和《台城》大概作于同时，都是题画诗，有异曲同工之妙。